「大丈夫、落ち着いて」

「ミオは長旅だったもんね」

「……うん、お湯に浸かると気持ちがいい」
「いいお湯ですね」

私は杖を掲げて、少し多めの魔力と聖力を込める。
『サンクチュアリ』
そして、ウルガリンすべてを覆う
聖なる結界をドーム状に展開した。

転生大聖女の目覚め
2
～瘴気を浄化し続けること二十年、起きたら伝説の大聖女になってました～
著 錬金王
ill. keepout

✦CONTENTS✦

✦ TENSEI DAISEIJO NO MEZAME ✦

ILLUST✦keepout

DESIGN✦yuko mucadeya + nao fukushima (musicagographics)

第一話　教会の権威

「よし、飯を食うぞ！」

王都にある教会本部を出るなり、拳を上げてランダンが吠《ほ》えた。

「食うぞー！」

私もそれに応えるかのように拳を上げて目いっぱい叫ぶ。

「た、食べるぞー」

「……フン」

仲間であるアークは苦笑しながら控えめに手を上げるが、セルビスはくだらんとばかりに鼻を鳴らして眼鏡をくいっと上げた。

「ちょっとー？　二人ともテンションが低くない？　今日はランダンの快気祝いと私の目覚め祝いなんだよ？」

そう、ランダンの怪我《けが》がすっかり治って自由に出歩けるようになったので、ランダンの快気祝い兼、私の二十年ぶりの目覚めを祝して打ち上げ会に行くことになった。

それなのにアークとセルビスのテンションが低い。

こんなにもめでたい日なのにもっと喜んでくれてもいいと思う。

「そうだ！　そうだ！　こいつら年食ってから一段と大人しくなりやがってよぉ！　俺はソフィア

が眠りについている間、ノリに乗ってくれる相棒がいなくて寂しかったぜ！」

「ランダン……ッ！」

「こいつらが揃《そろ》うと相変わらず騒々しいな」

「いいじゃないか。二十年前の光景が蘇《よみがえ》ったようで僕は嬉《うれ》しいよ」

「……お前、年食ってからすぐに涙ぐむようになったな。気持ちが悪いからやめろ」

「気持ちが悪いだなんて酷《ひど》いな⁉」

他人のことを騒がしいと言いながら、アークといちゃつくセルビス。

私とランダンだけでなく、アークとセルビスのやり取りも二十年前そのものだった。

そんな光景を見た私とランダンは顔を見合わせて笑った。

「そういえば、ソフィアが連れていた女聖騎士は来ないのか？」

「うん、せっかく四人が揃ったんだから遠慮しとくって」

思い出したかのように言うランダンの台詞《せりふ》に私が答えた。

そう、今日の集まりにルーちゃんはいない。誘ってみたのだが、せっかく勇者パーティーが四人揃ったのだからと辞退されてしまった。

「……別にそんなこと気にしないのになぁ」

目覚めてからほぼずっとルーちゃんが傍《そば》にいてくれたので、いないとなると少し寂しい。

「本人が辞退しているのだ。無理に連れてくる必要もないだろう。行きたくない飲み会に参加させられることほど鬱陶《うっとう》しいものはない」

ぼんやりと呟《つぶや》いた私の言葉に反応するセルビス。

飲みニケーションを蛇蝎《だかつ》のごとく嫌う、若手のサラリーマンのようだ。

傍で聞いていたアークも苦笑いこそしているが、概《おおむ》ね同意の表情だ。

二人とも今や有名人であり貴族だ。それぞれの役職というものもあり、色々と人間関係が複雑なのだろう。

「少なくとも今日の集まりは面倒な飲み会じゃねえだろ！　久し振りにパーティーの全員が揃ったんだ。楽しくパーッと行こうぜ！」

「そうだね！」

思えば、私が目覚めてから勇者パーティーの全員が落ち着いて集まるのは初めてだ。

二十年が経過してしまって皆の立場も変わってしまい集まりづらくなり、魔王の眷属《けんぞく》襲来事件などでゆっくりと話すことができていなかったからね。

そんなわけで今日はゆっくりと旧交を温めようと思う。

「ほら、セルビスも同意しろ！」

「やめろ。俺にまでウザがらみをするな」

ランダンに肩に手を回されて鬱陶しそうな顔をするセルビス。

「俺はお前の口からしっかりと聞きてえんだよ」

「酒も呑《の》んでいない癖にもう酔っているのか？」

「まあ、集合時間に誰よりも早く来ていた時点で答えは出ているけどね」

「おい、余計なことを言うなアーク！」

アークのもたらした新情報によってセルビスが誰よりも飲み会を楽しみにしていたことが浮き彫りになってしまった。

「えー⁉　セルビス、そんなに私たちとの飲み会を楽しみにしてたの⁉」

「うるさい！　さっさと店に行くぞ！」

私がニマニマとしながらからかうと、セルビスが拗《す》ねたような顔をしてさっさと歩き出す。

「行くのはいいが、まだ店決めてねえぞ」

しかし、ランダンが突っ込みを入れるとバツが悪そうに戻ってきた。

うん、まだどこの店に行くかも決めてないからね。

「今日の店はどこにする？　俺は樽《たる》いっぱいの酒と大量の飯があれば、特に気にしねえぞ」

「…………」

拗ねて無言なセルビスも同意なのだろう。特に意見を言うことなく佇《たたず》んでいる。

「ソフィアはどこか行きたいところはあるかい？」

「それなら、ぺーちゃん食堂に行ってみたい！」

王都で行きたいお店としてパッと思いついたのはぺーちゃん食堂だ。

アブレシアにある支店には既に行ったが、ペロシさんのいる本店には未《いま》だに行ったことがないのだ。

サレンやメアリーゼと何度か王都を散策する機会はあったけど、二人とも女子力が高かったり、落ち着いた女性なのであの食堂へは中々行けていなかった。

「ああ、アブレシアにもあるソフィアがよく行っていた食堂だね」

「そうそう！　よく覚えてるね！」

「……週五で誘ってこられれば嫌でも覚えるだろ」

覚えていてくれたことが嬉しくて舞い上がっていると、セルビスがそんなことを言う。

私、そんなに誘っていたっけ？　いや、誘っていたな。それだけ誘われれば、二十年経《た》とうが覚えてもいるか。

「僕はそこで問題ないと思うけど、二人もいいかい？」

「問題ねえぜ」

「構わん」

「よーし、それじゃあぺーちゃん食堂にゴー！」

全員の了承がとれたところで私は意気揚々と歩き出す。

しかし、すぐにアークに呼び止められた。

「ソフィア、ぺーちゃん食堂はそっちじゃないよ」

「うえ？　確か中央区にあったよね？」

「十年前まではそこにあったけど、今は北区の方に移転したんだ」

「なるほど」

まさか、足しげく通っていたお店が移転しているとは気付かなかった。

二十年前と変わらぬ場所ならまだしも、移転先になるとさすがにわからないので大人しく前を歩くアークに付いていく。

「きゃあぁー！　アーク様よ！」

「後ろにはセルビス様とランダン様もいるわ！　御三方が揃っている姿を見るのは久し振りね！」

アークたちが通りを歩くと、それだけで黄色い声が上がる。

世界を救った勇者パーティーだもんね。市民からの人気はとても高いようだ。

市民からの声にアークは爽やかな笑顔を浮かべながら手を振り、ランダンも豪快に手を上げる。

セルビスは鬱陶しげな表情でガン無視。だけど、一部の女性はその反応すらも喜んでいるようだ。

「さすがは勇者パーティー。すごい人気だね」

自分が称《たた》えられているわけじゃないけど、仲間が尊敬されている姿は素直に嬉しい。

こんなすごい人たちが自分の仲間だと思うと誇らしくなる。

ちなみに今の私は見習い聖女の格好をしている。

この三人がいる状態で大聖女服を着ていると目立つからね。三人の案内を仰せつかった聖女見習いですよと言わんばかりにひっそりと後ろから付いていっている。

「他人事《ひとごと》のように言ってってけど、ソフィアもその一員だからな？」

「付け加えるなら世界を救った大聖女様だからね。ほら、あそこに銅像だってある」

アークが指さした先には、アブレシアと同じ大聖女ソフィアの銅像が立っていた。

「うわぁっ！　アブレシアだけでなくこんなところにもある！　早くアレを潰して！」

自分の銅像を置かれる気持ちがわかるだろうか。とにかく恥ずかしくてしょうがない。

しかも、アブレシアよりも精緻でサイズも大きいし余計に目立つ。

「ここは教会のお膝元だよ？　潰せるわけがないよ」

「なんでそんなに嬉しそうに言うの？」

アブレシアにもいっぱい銅像立てているし、もしかしてアークは私のこと嫌いなんじゃ？

「だって、ソフィアの功績がたくさんの人に認知されるんだよ？　仲間として嬉しくないはずがないさ！」

疑念の眼差《まなざ》しを向けるも、アークは無邪気な少年のような笑みを浮かべてそう言った。

そこには私に対する負の感情は一切なく、純粋な仲間としての喜びに満ちていた。

そうか。あれはアークのそんな願いから設置されていたのか。

「嬉しいけど、やっぱり恥ずかしいよ。なんとかして撤去しないと……」

「そんな！　撤去だなんてとんでもない！」

私がそう言うと、アークが驚愕《きょうがく》の表情を浮かべる。

「こんなところで大聖女ソフィア様の銅像の撤去を訴えれば、良くて敬虔《けいけん》な信徒から袋叩《ふくろだた》き、最悪は異端審問にかけられるぞ」

「ぐぬぬぬ」

セルビスが私に無慈悲な現実を突きつける。

ここは教会本部がある王都だ。もっとも教会の権威が強く、敬虔な信徒が集まっている。

こんなところで大聖女像の撤去を申し出れば、そういう結末になることは明らかだった。

……ここまで教会の権威が憎いと思ったのは初めてかもしれなかった。

第二話　王都のぺーちゃん食堂

アークの案内で教会本部から北へほどなく進むと、ぺーちゃん食堂にたどり着いた。

「ここがぺーちゃん食堂さ」

「おお！　場所は変わってるけど雰囲気は一緒だ！」

移転したと聞いたので、新しく変わってしまったんじゃないかという不安はあったが、建物自体は新しくなっているが外装は二十年前と同じ――いや、ゴチャゴチャついている看板に年季が入っているので、更に趣を感じる仕上がりになっていた。

「相変わらず混沌《こんとん》とした店だな」

「これがいいんだよ」

私のような庶民からすれば、お高くとまった店よりもこういった馴染《なじ》みやすい店の方が入りやすいので助かる。

「いい加減腹が減った。さっさと中に入ろうぜ」

「うん！」

感慨深く眺めるのもほどほどに、私たちは早速店内へと入っていく。

「へい、らっしゃい！　わわっ⁉　勇者様⁉」

若い店員が威勢よく声を上げたが、アークを見た途端にうろたえる。

うん、有名人がこんなにも押し寄せたらビックリするよね。

「四名なんだけど、奥に空いている席はあるかな？　できれば、ゆったりとした場所がいいんだけど」

「奥に個室がありますので案内します！」

「頼むよ」

どうやらゆったり落ち着ける場所があるようだ。

二十年前にはそんなスペースはなく店も狭苦しかったが、新しくなったお陰でスペースにゆとりもできたようだ。様々なお客のニーズに合わせて席を追加したのだろう。

「こちらにどうぞ」

「ありがとう」

店員に個室へと案内されると私たちは適当に腰かけた。

個室の壁にもズラリと木札のメニューがかけられている。しかし、個室であるが故に全てのメニューは掛けきれなかったのか、それを補うためにメニュー表も置かれていた。

「メニューについては壁にかかっている木札と、こちらのメニュー表からお選びください」

「あ、あの！」

そう言って一旦戻ろうとした店員を私は引き止める。

「はい、なんでしょう？」

「え、えっと……」

ペロシさんに会ってみたいのだが、私がソフィアだと告げることは憚《はばか》られる。

「店主のペロシさんはいるかな？　彼とは知り合いだから、少し話がしたくてね」

「か、かしこまりました！　すぐにお呼びしますね！」

咄嗟《とっさ》に声をかけたがどうしようかと悩んでいると、アークがそんな風に言ってくれた。

店員は驚いて目を丸くしながらも、ササッと部屋を出ていった。

「ありがとう、アーク」

「僕もペロシさんに挨拶をしておきたかったしね」

「振る舞いがスマートになったね」

「それなりに年をとった証拠かな」

アークは昔から優しかったが、ここまでスマートな気の利かせ方はできていなかった気がする。

これが大人の男性のカッコよさというやつだろうか。

ペロシさんが来るまでの間、私たちはメニューや木札を眺めてそれぞれの頼むべきものを言い合う。

四人もいると分け合えばたくさんの料理が食べられる。食べたい料理をそれぞれが言っていくのでやんやと声が上がる。豊富なメニューがあるからこそできる会話だ。

「失礼いたします」

それぞれ頼むメニューが決まった頃合いに、個室の扉がノックされて男性が入ってきた。

白いひげを蓄えたコック帽を被《かぶ》ったおじさん――いや、お爺《じい》さんか。

記憶にあるペロシさんよりもシワも増えて老いているが、恰幅《かっぷく》のいい身体《からだ》に愛嬌《あいきょう》のある顔立ちは確かにその名残を感じさせた。

「久し振りだね、ペロシさん」

「お久し振りです、アーク様。それにランダン様やセルビス様もまたご来店してくださり非常に嬉しいです」

アークが声をかけると、ペロシさんが帽子をとって挨拶をした。

二十年前よりも声は低くなっているが優しげな声や眼差しは変わらない。

「ここは個室だし、そんなにかしこまらなくてもいいよ」

「いやぁー、そうかい？　こういう堅苦しいのはどうも苦手で助かるよ」

アークの言葉を聞いて、ペロシさんは安堵《あんど》の息を漏らした。

「今日はペロシさんに会わせたい客人がいてね」

「どなたでしょう？」

「そこにいる彼女さ」

アークに促されて、ペロシさんの視線がこちらへと向かう。

すると、彼の細い目が大きく見開かれた。

「……もしかして、ソフィアちゃん？」

「そうだよ、ペロシさん！　久し振り！」

「あ、あれ？　でも、ソフィアちゃんはアブレシアで魔王の瘴気《しょうき》を浄化しているはずじゃ……」

「公表されてないけど、実は浄化が終わって目覚めたんだ！」

「えっ？　ということは魔王の瘴気はなくなったのかい？」

「そういうこと！」

私がハッキリと断言し、アークたちも同意するように頷《うなず》く。

「お、おお……それはおめでとう！　いや、世界を救ってくれてありがとうと言うべきなのかな？　どういう言葉が相応《ふさわ》しいかわからないけど、もう一度会えて嬉しいよ」

「ちょっとペロシさん、急に泣かないでよ！」

「ごめんね。こうしてソフィアちゃんと会えたことが嬉しくて……」

おじさんに泣かれるのも困るのが、お爺さんに泣かれるともっと困る。

おろおろとしながら私はペロシさんの背中を労《いた》わるように撫《な》でる。

赤子というわけでもないけど、目の前で涙を流すペロシさんを見ていると落ち着かなかった。

「ありがとう、ソフィアちゃん。もう落ち着いたよ。年をとると涙もろくなっていけないね」

少し時間が経つとペロシさんは落ち着いたようで、そっと指で涙をぬぐい去った。

「さて、二十年ぶりにやってきたソフィアちゃんのためだ。腕によりをかけて料理を作らないと。新作のハンバーグ料理があるんだけど食べるかい？」

「新作のハンバーグ!?　食べたい！」

「俺も興味があるぜ」

「僕も！」

「店主のオススメなのだ。それを食べるのが一番だろう」

色々とメインとなる料理を決めていた皆であるが、ペロシさんの新作料理と聞いてそれを頼むことにしたようだ。

「わかった。四人分作るよ。少し時間がかかるから、それまでにおつまみやお酒が必要なら引き受けるよ」

メインとなる新作が出てくるまで時間がかかるとのことなので、私たちはそれまでに決めていたおつまみを適当にいくつかとエールを頼んだ。

注文を受けたペロシさんが引っ込むと、ほどなくして先ほどの若い店員がおつまみやエールを持ってくる。

「よし、音頭はアークに任せた！」

「僕かい⁉」

「アークがパーティーのリーダーだもんね」

突然、振られて驚いていたアークであるが、このパーティーのリーダーは勇者であるアークだ。彼が音頭をとるのが締まるというものだ。

「それじゃあ、ランダンの快気祝いと、ソフィアが目覚めたことによって勇者パーティーの再結成が叶《かな》ったことを祝して乾杯！」

「「乾杯！」」

アークの声に合わせて、私たちは二十年ぶりに酒杯をぶつけ合った。

◆

「お待たせ。新作のハンバーグ料理だよ」

乾杯を済ませ、口々に再会できたことを喜び合っているとペロシさんがワゴンを押して入ってきた。

ワゴンの上には四つの鉄板プレートが並んでおり、そこには大きなオムライスのようなものが載っていた。

「あれ？　オムライス？」

「そう見えるけど中はハンバーグだよ」

「わっ！　本当だ！」

差し出されたプレートを見てみると、大きなハンバーグの上にふわっとした玉子が載っていた。まるでとろとろのオムライスのように。

「ふわふわ玉子とハンバーグなんて絶対に美味《おい》しいに決まってる……ッ！」

食べる前から絶対に美味しいやつだと確信できた。

「おお、こいつは中々食べ応えがありそうじゃねえか」

「それじゃあ、いただこうか」

「うん！」

暴力的な香りに我慢ならず、それぞれがナイフとフォークを動かし始めた。

ナイフをそっと玉子に通すと、半熟の玉子が雪崩のように崩れていく。

その中から出てきたのは真っ赤なトマトだ。

丁寧に切り分けてハンバーグ、トマト、さらに玉子を載せて頬張る。

口の中でとろっとした甘みのある玉子の味が広がった。

そこにトマトの酸味とジューシーな肉汁が合わさり渾然一体《こんぜんいったい》となる。

「うーん、美味しい！　アブレシアでもハンバーグは食べたけど、やっぱりペロシさんの作ったのが一番だよ！」

「本当かい？　それは嬉しいねぇ」

外は香ばしく、中はジューシー。焼き過ぎるでも生焼けでもない絶妙な焼き加減だ。

様々な肉を配合し、口当たりをよくするためにタマネギなどのいくつかの野菜も混ぜているのだろう。思い出補正といったものだけでなく、そういったところにアブレシアの店と差がある気がする。

「ハンバーグもジューシーで美味《うま》いな！」

「トマトとハンバーグの相性か……悪くない」

「どうやったらこんな風に玉子がふわふわになるんだろう？」

ランダン、セルビス、アークも気に入ったようでパクパクと食べ進めている。

長年ここに通っていた常連としても、美味しそうに食べてくれる姿は嬉しいものだ。

「それにしてもお店の場所が変わったんだね」

二十年前に通っていたお店と比べると、やはり店の雰囲気が微妙に違う。

内装は似ているものの間取りや、個室の導入といった違いがどうしても気になってしまう。

それに文句があるというわけじゃないが、やはり自分の馴染みのあった場所がすっかり変わって、違う場所になってしまったというのは少し寂しい。

「あの場所が気に入っていたんだけど建物にガタがきちゃってね。どうしても建て直す必要があったのさ。それにソフィア定食のお陰でお客さんが多くやってくるようになったから、少し広い場所に変えたんだ」

「……そうだったんだ」

そういった都合があるのならお店の場所や内装が少し変わっても仕方がない。

私が通っていた時から二十年も経過しているのだから。

「それでも食べ応えのある量と安さ、美味しさはソフィアちゃんの通っていた二十年前と変わらないよ」

「いーや、変わったね！　だって、二十年前よりも断然美味しいもん！」

「こりゃ一本とられたよ」

私がそのように指摘をすると、ペロシさんは参ったと言わんばかりに笑った。

「ところで、店主。この新作、料理の名前は決めているのか？　これだけの美味しさだ。当然メニューに加えるのだろう？」

もぐもぐと食べながらセルビスがくいっと眼鏡を持ち上げる。

「メニューに加えるのは決めているけど名前は決めていないんだ。どうしようかね？」

「大聖女ハンバーグとかどうだい？」

「おお、それはいいね！　大聖女となったソフィアちゃんが初めて食べに来てくれたハンバーグだ！　きっと人々も喜んで食べにくるよ！」

「却下！　私が目覚めたことは秘密だし、恥ずかしいから！　素直にオムバーグでいい！」

悪乗りをするアークとペロシさんのネーミングを即座に否定すると、二人は酷く残念そうな顔をした。

そういうのはアプレシアにあるソフィア定食で十分だ。

結果として、ペロシさんの新作料理はオムバーグということになった。

第三話　今後の方針

「いやー、美味かった！」

「うん、美味しかったね！」

ぺーちゃん食堂でたくさんの料理を食べた私たちは、満足げな表情で店を出た。

新作のオムバーグだけでなく、昔食べていた料理をいくつも食べてしまった。

お陰でお腹《なか》はパンパンだ。これだけたくさん食べたのは久し振りなような気がする。

「ランダンはともかく、どうしてソフィアがあれほど食べられる？　お前の胃袋の中には軽量化がかかっているのか？」

「失礼だね！」

セルビスがまじまじとお腹を凝視しながら酷いことを言ってくる。

相変わらずこの子はデリカシーのない発言をするものだ。魔神とやらの出現より、セルビスが結婚できたことの方が不思議かもしれない。

「皆様、お迎えに参りました」

などと言い合っていると、店の前には教会のキュロス馬車が停《と》まっており、そこには慇懃《いんぎん》な態度で腰を折ったルーちゃんがいた。

「わーい！　ルーちゃんのお迎えだ！」

離れていた時間はごく僅かであったが、それでもまた会えて嬉しい。

「そういう態度をしていると、ますますあっちが保護者に見えるぞ」

駆け出してルーちゃんに抱き着こうとしたが、セルビスからそんな声が聞こえたので私はピタリと足を止め、振る舞いを優雅なものにした。

「……出迎えご苦労様です、聖騎士ルミナリエ」

「今さら上品な聖女ぶっても遅い」

「別にいいもん！　ここには私たちしかいないし！」

この面子《メンツ》で今さら何を気にすることがあろうか。

甘えたい時には甘える。それが私の信条だ。

そんな開き直った私の様子を見て、皆は処置なしといったような顔をして馬車に入っていく。

ルーちゃんは御者としてやってきたようなので、私も皆と同じように乗り込んだ。

馬車がゆっくりと進みだすと、アークが真面目な顔をして口を開いた。

「さて、このまま昔話なんかに花を咲かせるのもいいけど、魔神に関する話もしておこうか」

「そうだね」

魔王の眷属が言っていた魔神。

魔王よりも遥《はる》かに強い存在とのことらしいが、それが本当だとしたら一大事だ。

魔王の時のように世界が再び瘴気で満たされる可能性がある。そうならないうちに、速やかに相手の情報を摑《つか》むべきだ。

二十年かけて魔王の瘴気を浄化したっていうのに、それよりも手強《てごわ》い存在が生まれただなんて本当に災難だ。できれば、その情報が嘘《うそ》であってほしいというのが心の願い。

どちらにせよ、現状のまま放置しておくわけにはいかない。

「ランダンが入院している間に、僕は王族の方々に魔神についての報告や調査を頼んでいるよ。問題が問題だから、他の国とも協力して情報を集めてくれるはずさ」

「俺は魔法関係の知り合いや、貴族たちの情報網を探っているところだ。前者はともかく、後者に関しては利害も絡んでくるからあまり期待はできんだろう」

「こっちは冒険者やギルドを中心に異変がないか探ってもらっている。魔王よりも凶悪だという魔神だからな。きっと、どこかで瘴気の影響が出ているはずだ」

アーク、セルビス、ランダンが順番に情報収集について語っていく。

勇者、宮廷魔導士、Sランク冒険者だからこその見事な人脈と行動力。

それぞれがしっかりと魔神についての情報を集めようと動いている。

「えっと、ごめん。私は皆ほどあまり動けていなくって……」

メアリーゼへの詳細な報告もルーちゃんがやったことだし、私は三人のように強い人脈があるわけでもなかった。

大聖女であること、目覚めたことを公表していない今では大した力もない。

「気にすんな！　俺たちと違ってソフィアは二十年も魔王の瘴気と戦っていたんだ。その間、自由にやっていた俺たちがこれくらいできなくてどうする」

「元よりお前はこういった分野が苦手だっただろう。人には得手不得手というものがある。できる奴《やつ》に任せていればいい」

「そういうことさ。だから、そんな風に落ち込まずに胸を張ってくれ」

「うん。ありがとう」

申し訳なく思う私を励ましてくれる三人。

二十年も教会の地下にいた私が、彼らと同じフィールドで人脈を持っているべきという考えが傲慢だったのかもしれない。

私にできることは瘴気の浄化や、人々の治療。私もその時にできることを尽くせばいい。

「教会の動きとかもあったら私からも教えるね」

「ああ、頼むよ」

そういったわけでしばらくは情報収集に尽力することが決まった。

何もわからない状態で闇雲に動くことは危険だし、相手が動き出した時に対処できないことがあるからね。小さな異変や違和感を見逃さないようにしよう。

「そういえば、ソフィアは今も教会に住んでいるのか？」

真面目な話に一区切りがつくと、ランダンが気楽に尋ねてくる。

「うん、そうだよ」

「思ったんだが、今のソフィアが教会に住む必要ってあるのか？」

「家賃が無料なのと、三食無料で食べられること？」

後、付け加えるなら広い浴場があり、気楽に聖堂で祈りを捧《ささ》げられることだろうか。

「……一生食うに困らない金を持っているのに、そんな理由で住み続けるのか？」

「え？　私の報酬って、全部教会に寄付されたんじゃないの？」

生きて目覚めるかもわからない私に支払う代わりに教会に寄付されたのではなかっただろうか？　だから、完全に貯金がない状態だと思っていたんだけど。

「さすがに世界を救った英雄にそれはないよ。しっかりと報酬は支払われているさ。ソフィアが受け取れなかった代わりにソラルさんの口座に入っている」

「そうだったの⁉」

「伝えたのは葬儀の終わった後だったから、あんまり頭に入ってなかったのかもしれないね。ごめん、僕の伝えるタイミングが悪かったよ」

「あ、いや。それは私が悪かっただけだから気にしないで」

あの時は目覚めたばかりで色々なことが起きていて、いまいち情報を整理しきれていなかった。母さんのことでショックを受けていて、右から左に聞き流していたのだろう。

「今さら見習い聖女に交じって稽古する必要もなかろう。下手に教会にいるとかえって悪目立ちするのではないか？」

「それもそうだねー。教会に戻ったら、ちょっとルーちゃんと相談してみるよ」

「もしわからないことがあったらいつでも相談してくれ」

「うん、ありがとうアーク」

別に今すぐ教会を出ていく必要はない。今はルーちゃんと一緒に行動しているので、ルーちゃんの意見も聞いてゆっくりと決めよう。

第四話　新しい家探し

ぺーちゃん食堂で飲み会をした翌日。

今日も聖女見習いに紛れ、食堂で朝食を済ませて自室に戻っていると、ふと教会の外が騒がしくなっていることに気付く。

具体的には教会にやってくるキュロス馬車の数がやたらと多いのだ。

キュロス馬車が教会の前で停車すると、スーツを身に纏《まと》った真面目そうな職員や法衣《ほうえ》を纏った聖女、果てには見習い聖女といった人員が次々と入ってくる。

「なんだか今日はやけに人がやってくるね？　何があったんだろう？」

王都の教会本部は普段から割と人で賑《にぎ》わっているが、ここまで賑やかになることは珍しい。

敬虔な信徒が祈りを捧げるのでもなく、説法を聞きにくるのでもなく、教会関係者ばかりが集まっていると何か起こったのではないかと不安になる。

「メアリーゼ様の招集によって各地に散らばっていた教会の者が集まっているのだと思われます」

「それってもしかして魔神の調査のための？」

「恐らくは」

私が尋ねると、ルーちゃんが深く頷いた。

「……それじゃあ、私の知り合いとかと会えたりするかな!?」

「それは難しいかもしれません。メアリーゼ様がおっしゃっていたように、ソフィア様と同世代の方は他国の要職や辺境の守護をされている方が多いので……」

「そうだよねー」

リリスだって指導員になっていたんだ。皆ほどの力量となると頼りにされて中々動くことはできないよね。

人によってはサレンのように新しい家庭を築いている人もいるだろうし。

また皆に会えるかもしれないという淡い期待を抱いてしまったので少しだけ残念だ。

「にしても、これだけの数の聖女見習いや職員が入ってきて宿舎は大丈夫なのかな？」

こうして会話している間にも続々と教会に人が入ってきている。

教会本部が大きくなってかなりの収容数を誇っているのは知っているが、これだけ人が増えるとちょっと心配になる。

「聖女見習いや騎士見習いの部屋が、二人部屋から四人部屋へと再編されるでしょうね。それでも足りなければ教会の管理する宿舎に入るかと」

「やっぱり、そうだよね」

広大な教会本部であろうと宿泊できる部屋には限りがある。

私も下積み時代であった聖女見習いの頃はそんな感じだった。

あの頃は教会もお金がなくて、広い部屋で何十人が雑魚寝ということもあった。

建物もボロかったし、部屋によっては隙間風が入ってくるところも。

お偉いさんの部屋を削るのは論外だし、指導員や聖騎士も教会の抱え込みとなる。

その中で一番割りを食うのは、そういった階級の低い者だろう。

「……私、何もしていないのにかなり広い部屋に住んでいるよね」

「考えていることはわかりますが、ソフィア様は世界を救った大聖女なのです。それくらいの権利は当然あるかと」

「それでも頑張って教会で働いたり、稽古している人たちを差し置いて、悠々と広い部屋を借りるのは気が引けちゃうな」

私が間借りしている部屋を譲るだけで、どれだけの人が楽になるだろうか。

そう考えると、呑気《のんき》にあの部屋で生活することはできない気がする。

別に私は今も教会で暮らす必要はまったくない。

むしろ、人一倍お金はあり、外に一軒家や屋敷《やしき》を建てて住めるくらいの余裕があるのだ。私みたいなものが貴重なスペースを占拠するよりも、今ここで頑張っている人たちが使う方がいいと思う。

ランダンたちも別に教会に住み続ける必要はないって言っていたしね。

私の心は既に決心がついている。問題はそれで一番に影響を受けるルーちゃんだ。

彼女は教会に所属する聖騎士。私とは違って、正式に教会の内部に住むことが許されている身分だ。それを放り出してまで来てくれるだろうか？

「……ねえ、教会の外に住むって言ったら、ルーちゃんはどうする？」

不安な眼差しを向けると、ルーちゃんは少し驚きながらも、すぐに表情を柔らかなものにした。

「私はソフィア様の聖騎士です。ソフィア様にお許しいただけるのなら、どこまでも付いていき、傍でお守りいたします」

「ありがとう、ルーちゃん！」

満面の笑みで礼を告げると、ルーちゃんは照れ臭そうに笑った。

うちの聖騎士は今日も可愛《かわい》いです。

◆

「メアリーゼ！　私、教会の外で住むよ！」

「ソフィアが一人暮らしですか⁉」

「いえ、ソフィア様に仕える聖騎士として、私も生活を共にします」

「そうですか。ルミナリエがいるのであれば安心ですね」

ルーちゃんがそのように言うと、ギョッとしていたメアリーゼがほっと安堵の表情を浮かべた。

私一人だとそんなに不安だというのだろうか？

昔は母さんと二人暮らしをしていたので料理や家事だってできるし、前世でも一人暮らしは経験していた。生活力が皆無というわけでは決してないというのに。

「ところで、急にどうしてそのようなことを？」

抗議するべきか迷っていると、メアリーゼが真剣な眼差しを向けながら尋ねてくる。

「魔神関連の調査や警戒でここも人が増えるでしょ？　だったら、その人たちのために部屋を使ってほしいなって」

「そういった問題を何とかするのは、私たちの役目なのです。ソフィアがそこまで気を遣う必要は――」

「ううん、いいの。私がそうしたくて決めたことだから」

「……一度決めたことを曲げない性格は二十年前とまったく変わりませんね」

「私からすれば、ついこの間のことだしね！」

苦笑いするメアリーゼに私はそう言って笑う。

二十年の人生を送ったアーク、ランダン、セルビスだって本質的な性格は変わっていないいんだ。二十年間眠っていただけの私はもっと変わっていないと思う。

「あなたがそう決めたのなら構いませんよ。新しい家もこちらが手配しましょうか？」

「ううん、大丈夫！　私たちで何とかしてみるよ！　新しい家を探すのも引っ越しの醍醐《だいご》味《み》だしね！」

「わかりました。困ったことがあったら、いつでも相談してください。それと、新しい家に住んでも教会には遊びに来てくださいね」

「うん、メアリーゼにも会いに来るから！」

微笑《ほほえ》みながら優しい言葉をかけてくれるメアリーゼに私は抱き着いた。

◆

「……なんてメアリーゼにはカッコつけて言ったけど、王都で住む家って実際どこがいいんだろ？」

メアリーゼに教会の外で暮らすと宣言した私は、間借りしている自室に戻るなり険しい顔をした。

「ルーちゃんは王都で住むのに、オススメの場所とか知ってる？」

「いえ、私は孤児になってからずっと教会住まいなので、そういったことについては……」

「だよね。私も同じだよ」

昔、母さんと住んでいた場所はド田舎の寒村だし、見習い聖女になってからはずっと教会住まいだ。

そして、それはルーちゃんもほとんど同じこと。

教会の外で生活すると息巻いたものの、私たちは王都のどこに住めばいいのかまったくわからなかった。

「メアリーゼ様のところに戻って、オススメの場所を教えてもらいますか？」

「それはダメ！　メアリーゼは忙しいんだから、こんな雑事に付き合わせたら申し訳ないよ！」

魔神調査や瘴気のことについてならともかく、私とルーちゃんの新しい物件などという個人的でしょうもない理由で大司教の手間をとらせるわけにはいかない。

それにさっきあんな風に言った手前、今さらアドバイスを請うのはカッコ悪すぎる。

かといって私たちにいい場所がわかるわけもなく。

「不動産屋に出向いて、色々な場所を巡ってみますか？」

「それは最終手段にしたいかも。前情報も無しに行けば、悪い物件を押し付けられたり、ぼったくられたりするから」

そう、物件選びというのは難しいのだ。前情報も無しに飛びつけば、思わぬ悪物件を摑まされる可能性があるのだ。

安いと思って飛びついたら建物が聞いていた築年数よりも明らかに古そうだったり、変な隣人が住んでいて騒音に悩まされることもあったり。

「な、なるほど。家探しは難しいと噂《うわさ》では聞いていましたが、そこまでのものだったとは……私の認識が甘かったです」

私の忠告を聞いて、ルーちゃんが戦慄の声を上げる。

あと、建物自体は良くても坂道が多くて出入りが不便だったり、必需品を買う施設が遠いなどの罠《わな》もある。前世でも私の友人が何人も被害に遭っていた。

家選びというのは恐ろしいのである。私たちのような教会の中しか知らない者など、哀れな子羊でしかない。

何の知識もコネもないまま不動産屋に行けば、骨までしゃぶられるだろう。

「では、アーク様やランダン様を頼るのはどうでしょう？」

自然とセルビスの名前が候補に入っていないが、彼はこういったことに心を砕くタイプではないのでルーちゃんの人選は正解だ。

「そうだね。二人も忙しいしあまり頼りたくはないけど、背に腹は代えられないよね」

などとため息をつきながら結論づけると、私の部屋がノックされた。

返事をすると、部屋に入ってきたのは私の同僚であった元聖女であり、今は教会の受付職員であるサレンだ。

そうだ。教会で働きながら外で家庭を持っている彼女なら、オススメの場所を知っているはずだ。

ルーちゃんもそのことに思い至ったのか、私と顔を見合わせると頷いた。

「ソフィア、この部屋の退出手続きの書類が回ってきたんだけど――」

「サレン！　いいところに来た！」

「ええ？　なに⁉」

「私たちが外で暮らすのにオススメの場所を教えて！」

第五話　悪霊の屋敷

「なるほど、本当に外で暮らすのね」

ちょうどいいところにやってきたサレンに、引っ越しの経緯を伝えると納得したように頷いた。

「そういうわけでオススメの場所とか不動産屋とかある？」

王都の一軒家に住んでいるサレンなら、私たちと違って住む場所のオススメがわかるはずだ。

「オススメはできるし、教会関係者がよくお世話になっている不動産屋を紹介することもできるわ」

「やった！」

「でも、その前に二人はどんな家に住みたいの？　そこのところが固まっていないと私も紹介しかねるわ」

喜んでいるとサレンに尋ねられる。

「言われてみれば、どんな家がいいんだろう？」

前世の世界であれば、大通りに面してなく駅へのアクセスが良《い》い場所。間取りは一K以上で、洗面所とお手洗いは別々。そして、オートロックのついているマンションなどとスラスラと条件が出てくるのであるが、この世界の家となると想像がつかない。

それに今回は一人暮らしではなく、ルーちゃんと二人暮らしだ。

前世で同棲《どうせい》した経験があれば、何とかなるかもしれないが生憎《あいにく》とそんな経験もなかった。

「私は必要最低限の暮らしができればそれで問題ありません」

「それもそうだね。下積み時代みたいな狭い部屋じゃなかったら」

別に華美な家に住みたいとは思わないが、強いていえばゆったりできる家がいい。

「二人ともお金を持っているでしょうに欲望が小さい。まあ、二人とも清貧を尊ぶ教会での生活が長かったから仕方がないのかもしれないわね」

そんな控えめな私たちの言葉を聞いて、サレンはため息をつく。

それから真剣な眼差しでこちらを見据えて口を開いた。

「いい？　家というのは安息の場所であるべき所よ。二人暮らしだろうと家族暮らしだろうとそれに変わりはない。快適で居心地が良く、心からリラックスできる場所を目指さないと」

「「は、はい！」」

サレンの予想以上の熱量と真面目な言葉に私とルーちゃんは思わず背筋を正して返事する。

「まずは絶対に譲れない条件を決めましょう。そこから二人が必要とする条件を詰めていくわ」

「わ、わかりました」

私たちはサレンの問いかけに頷きながら、王都で住むのに必要な条件を詰めていく。

必須なのは教会本部への近さ、女性二人暮らしなので治安が良く、セキュリティの高いところ。

仮にも聖騎士と聖女が住む家なので、あまり粗末過ぎてもいけないし、豪華過ぎてもいけない。

ちょうどいい塩梅《あんばい》が必要。

そんな風に私たちの必須条件を纏めていくサレンはまるで熟練の不動産屋のようだ。

王都に一軒家を持った女性というのは、これほどまでに人生の経験が豊富なのかと戦慄した。

そうやってサレンに必要最低限の条件を引き出されていくにつれて、私たちの住みたい家のイメージもわかってくる。

「快適な家というと、やはり広い家ですかね。教会に住んでいた私としては、広い家というものに憧れがあります」

「それわかる！　他にもアークやランダン、セルビスやリリスちゃんも招けるような広さは欲しいよね！」

現在間借りしている部屋はともかく、それ以外の教会の部屋はお世辞にも広いとはいえない。

そういった部屋で長年過ごしてきた私たちは、とにかく広い家に憧れを持っていた。

「他にもお風呂は欲しいかな。湯屋にも通うけど、やっぱり自分の家にもお風呂は欲しい」

「ソフィア様は昔から湯浴みが好きでしたからね。いいと思います」

こういった欲望を制限した生活だったので、一度解放されるとむくむくと快適な家への欲が出てくる。

「いいわね、二人の幸せな家のイメージが具体的になってきたわ」

そして、そんな私たちを見てサレンがニマニマと笑っていた。

以前ならばそれを抑えていたけど、世界を救って、大聖女になったんだし少しくらい贅沢《ぜいたく》してもいいよね？　二十年頑張っていたんだし、少しくらい自分を甘やかしてあげよう。

「この際、二人で屋敷に住んじゃうのがいいかもしれないわね」

そんな精神で新しい家について話し合っていると、サレンがそんな提案をしてくる。

「ええ？　屋敷？　そんな広い家に二人で住むのは無理じゃない？」

「屋敷といってもピンからキリまであるから一概にそうは言えないわ」

「ですが、そうなると家事が大変なのでは？」

ルーちゃんの言う通りだ。確かに屋敷に憧れはあるけど、さすがに二人で住むには難しいんじゃないだろうか。

「別に二人とも教会育ちで家事もできるじゃない」

そんな私たちの懸念をあっけらかんとした態度で吹き飛ばすサレン。

「確かに私とルーちゃんは家事が苦にならないタイプだもんね」

「ええ、自分のことを自分でやる生活に慣れていますし、家事は嫌いではありませんから」

二人とも家事ができるし、面倒くさがるタイプでもないので多少広くても問題ない気がする。

「まあ、二人が忙しい時は教会のメイドさんや聖女見習いでも呼んで手伝ってもらえばいいのよ。私も困った時はそうしてるし」

「あっ、私も騎士見習いの時に何度かそういったお手伝いをしました。ちょっとしたお小遣いが手に入るので、そういった外のお手伝いは人気でしたね」

サレンの言葉を聞いて、思い出したようにルーちゃんが言う。

教会に住んでいる見習いは基本的に自分のお金を持つことはあまりない。だから、そういった個人の報酬としてお小遣いを貰《もら》えるのはとても嬉しいのだろう。

私たちも家事をしてもらって嬉しいし、見習いの子たちもお金を持つことができて嬉しい。下手な業者よりも真面目なので信用できるし、ＷＩＮＷＩＮな関係だ。

忙しい時は見習いの子にやってもらうという手はありだ。

それにしても、さすがはサレン。バリバリなキャリアウーマンみたいな考えで凄《すご》い。

家庭と仕事を両立しているできる女性の働き方か。

「まあ、そんなわけで小さな屋敷もリストに加えて、教会御用達《ごようたし》の不動産屋に声をかけてみるけどいいかしら？」

いつの間にか条件を紙に纏めていたらしいサレンが、紙を束ねながら尋ねてくる。

私とルーちゃんは顔を見合わせると深く頷いた。

「うん、いいよ。それでお願い」

「わかったわ。不動産屋から返事がきたら声をかけるわね」

「ありがとう、サレン」

「ソフィアには世界を救ってもらったからね。私にできることならいくらでも力になるから」

お礼を告げると、サレンは照れ臭そうに笑って去っていった。

私もいつかはサレンのようなカッコいい女性になりたいものだ。

◆

サレンに家探しの相談をした翌日。教会のロビーでサレンに呼び止められた。

「ソフィア、いい物件が挙がってきたわよ！」

「ええ？　もう？」

相談したのはつい昨日だ。さすがにサレンの紹介だとしても早すぎる気がする。

家の選定とか普通はもっと時間がかかるものじゃないだろうか。

「いくらなんでも早すぎるのでは？」

早いに越したことはないけど、ここまで早いと適当な家を押し付けられたんじゃないかって不安になってしまう。

「懸念していることはわかるけど、これには事情があるのよ」

思わず不安になった私とルーちゃんに、サレンは落ち着いた言葉で説明する。

実はとある屋敷では長い間、悪霊が住み着いていたらしく、その浄化依頼が発注されたという。

瘴気の浄化で聖女は忙しく、主に見習い聖女が浄化に向かったらしいのだが何人も悪霊に追い返されているようだ。

実際に誰かが大怪我を負ったわけでもなく、放置していても周囲に害がないことから放置されていた浄化依頼らしい。

「なるほど、そういった事情ですか……」

「悪霊のいる原因って、誰かが自殺したとか？」

「元は高名な聖騎士が住んでいたんだけど、魔王との戦いで戦死しちゃってね。もしかしたら、その聖騎士が霊となって居ついているのかもしれないわね」

「なるほど」

凄惨な事件や、自殺があったのなら遠慮したいが、サレンの話を聞いた限りではそういった陰鬱な事件があったわけではなかった。

しかし、噂が広がりすっかりいわくつき物件として広まって、誰も住みたがらず不動産屋も困っているらしい。

「不動産屋に交渉してみたんだけど、浄化してくれるなら格安の料金で住まわせてくれるって言ってくれたのよ。屋敷はそれなりに広くてお風呂もあるわ。塀もあって安全性が高い上に、教会や市場にも近い。二人の条件にも合うと思うんだけど、どうかしら？」

サレンの言う限り、住む条件としては悪くなさそうだ。

「実際に見てみないと住むかは決められないけど、困っているみたいだし依頼は受けるよ」

「ですね。そのついでに住めそうであるか確認することにしましょう」

「そうだね！　内覧と依頼がこなせて一石二鳥だよ」

住む住まない以前に困っている人を見過ごすという選択肢は私たちにはない。

とりあえず、様子を見るためにも依頼を受けてみようと思う。

「本当？　助かるわ。教会の人たちがお世話になっているから解決してあげたい依頼だったのよね。ソフィアとルミナリエが向かえば、事件は解決したも同然だわ。貸しを作るつもりが、なんだか借りを作るようになってカッコ悪いわね」

「ここまで進めたのもサレンが相談に乗ってくれたお陰だから。それに友達だからそんなの気にしないで」

「……やっぱり、ソフィアには敵《かな》わないわ」

「えー？　私には家の知識も不動産屋との人脈もないし交渉もできないよ？」

「そういう意味じゃないから」

「ですね」

不思議そうに首を傾《かし》げる私を見て、サレンとルーちゃんは通じ合うかのように笑っていた。

なんだかそこだけ楽しそうでズルい。

第六話　悪霊は見えず

「おお！　あなたたちが依頼を受けてくださる教会の方ですね？」

依頼主であり、サレンの紹介である不動産屋にやってくると、とても嬉しそうな顔で迎え入れられた。

「はい、サレンより依頼を賜《たまわ》りました聖女のソフィーと申します」

「聖騎士のルミナリエです」

「お、おお！　まさか、教会の聖女様と聖騎士様が直々にいらっしゃってくれるとは感激です！」

さすがに大聖女と名乗ることもできず、かといって失敗が続いている状態でまたしても聖女見習いを送るのは申し訳ない。

そんなわけで今日は大聖女服を身に纏い、教会の聖女ソフィーとして事件の解決に当たることになったのだ。

教会の主戦力である聖女がきたことに不動産屋の男性は感動している。

聖女は瘴気の浄化や調査、稽古と様々な役割があるために忙しい。

今回のような依頼でやってくることはほとんどないために、やってきてくれたことが嬉しいのだろう。

「いえいえ、うちの教会の者がお世話になっていると聞いていましたので。むしろ、対処が遅くなってしまい申し訳ありません」

「顔をお上げください。聖女様が瘴気の対処で忙しいのは重々承知していますから」

「ありがとうございます」

ぺこりと教会の不備を謝罪すると、不動産屋は焦った様子を見せる。

これだけ失敗が続いて、長い間放置されていたというのに怒らないなんていい人だ。

教会関係者やその出身者がとてもお世話になっている人（癒着っぽい）なので、しっかりと事件を解決してあげたいものだ。

「早速、問題の屋敷にご案内しますね。ここから歩いてすぐですので」

「よろしくお願いします」

不動産屋の案内に従って、私たちは北へと歩いていく。

道は整備されており美観も保たれている。新しい大きな建物や屋敷なんかが立ち並んでおり、騎士の巡回も多い。

道を歩いている人の服装もとても上質そうなものばかりだ。

「ルーちゃん、ここってリッチな人たちの住む場所だよね？」

「そうですね。ここは富裕層の方が多く住んでいますから」

「だ、大丈夫かな？　ブルジョワな人たちに貧乏人は帰れって石とか投げられない？」

「さすがにそんな無体なことをする人はいませんよ」

「ましてやお二人は教会の聖女様と聖騎士様ですからね。尚更《なおさら》そのようなことは……」

びくびくと怯《おび》えながらの私の言葉にルーちゃんと不動産屋が苦笑いした。

「というか、ソフィー様は王城や貴族の屋敷に何度も出入りしているじゃないですか」

「そういうところに行っていた時は勇者パーティーっていう威光があったから……」

ルーちゃんの言葉に小声で答える。

勇者アークという看板があれば怖くない。

でも、それがない状態でこういった場違いなところに踏み込むのはちょっと怖い。

「聖女も立派な威光になりますよ」

「そ、そうかな？」

今の聖女にどれくらい威光があるのか把握できていないから実感が湧かないや。

「ここがお屋敷になります」

そんな風にルーちゃんに励まされながら進むことしばらく。

私たちは富裕区画にある一つの屋敷の前にたどり着いた。

「ここが悪霊の住み着いた屋敷？」

屋敷という分類にしては小さめと聞いていたが、こうして見てみると中々に立派だ。

一見して普通の屋敷といった見た目であるが、悪霊憑《つ》きと言われると妙に趣があるように見えるので不思議だ。

「その通りでございます。聖女見習いの方が何度か浄化に来てくださったのですが、皆が悪霊に追い返されてしまって……悪霊の浄化をしてくだされば、格安のお値段でお譲りしたいと思っております」

「わかりました。実際に住むかはまだ決めておりませんが、屋敷に住み着いた悪霊は追い払ってみせます」

「ありがとうございます。では、浄化が終わりましたらお声がけくださいませ」

不動産屋はぺこりと頭を下げると、ササッと屋敷の前から離れていった。

まるで、屋敷に住み着いた悪霊を恐れるかのように。

「さて、ひとまず中に入ってみようか！」

「かしこまりました。私が先頭を歩きます」

こくりと頷くなり颯爽《さっそう》と門をくぐっていくルーちゃん。

そんな彼女に頼もしさを覚えながらも私は後ろから付いていった。

どんな悪霊が住んでいるかは知らないが浄化なら大の得意だ。

早く悪霊を浄化しちゃって、屋敷の内覧といこう。

◆

「思っていた以上に内装は綺麗で質素だね」

置かれている家具や調度品は必要最低限といった感じで、屋敷の外見と比べると質素だ。

「元の主は聖騎士らしいですからね。煌《きら》びやかな生活は好まなかったのでしょう」

ここに住んでいた聖騎士は趣味がいい。お陰で見にきた私も予想より緊張せずに歩き回ることができる。

やっぱり、自分が住む場所は落ち着いた装いにするのが一番だよね。

「……にしても、悪霊の気配がしませんね？」

「うん、いないね」

勇ましく入ってきた私たちであるが、屋敷の中は至って平和そのものだった。

玄関をくぐるなり襲われるといったことはまったくない。かといって奥の部屋まで巡ってみたもののそれらしいものが襲ってくることもなく、肩透かしを食らった気分だ。

「ソフィー様……」

「不動産屋の人はいないから、ソフィアでいいよ」

先ほどまでは第三者がいたので名前を変えていたが、二人きりとなった今では不要だ。

「そうでした。では、改めまして、ソフィア様。屋敷の中に悪霊らしい気配は掴めますでしょうか？」

「うーん、実は気配が掴み切れなくて……」

「……ソフィア様ですら感知できないということは相当高位な悪霊なのでは⁉　今すぐに引き返してアーク様やセルビス様にも応援を……ッ！」

私の言葉を聞いて、ルーちゃんが勘違いをする。

「いや、そうじゃなくて逆なんだと思う」

「……逆と言いますと？」

慌てていたルーちゃんであるが、落ち着いた私の態度や口調に冷静になったようだ。

形のいい細い眉を動かして怪訝《けげん》な声を上げる。

「あまり力が強くない存在なんだと思う。違和感は覚えているんだけど存在をハッキリ認識できないや」

大雑把な性格をしている私は、こういった小さな存在の感知は苦手だ。結界系や領域系を得意としているサレンならすぐに見つけ出せると思うんだけどね。

これに関しては自分の不甲斐《ふがい》なさが露呈している形だ。非常に申し訳ない。

「なるほど。ソフィア様にもそのような苦手な部分があったのですね」

「いや、私なんて苦手なものばかりだよ？　聖魔法だって浄化以外はそんなに得意じゃないし」

「またまたご冗談を」

などと、自己申告をしているにもかかわらずルーちゃんはまったく信じていない様子だ。

浄化以外は本当にそれほど得意じゃないんだって。ただ二十年前はそれを言う余裕がなかったから死ぬ気で身に着けただけだ。

私のは魔力と聖力によるゴリ押しなので、技術的な意味では同僚の聖女の足元にも及ばないのになぁ。

「こちらから存在を感知できないとなると、相手が出てくるのを窺《うかが》う他はありませんね」

明確な居場所を摑めない以上は、相手が動き出してくるのを待つしかない。

いくら小さな存在であろうと動き出せば、魔力が活発化して感知しやすくなる。

「うん、そうだね。予定とはちょっと変わるけど、先に屋敷の中を見て回ろうか」

「それですね。ずっと警戒していても仕方がありませんし」

ルーちゃんもそのことがわかっているのか、警戒心を緩めて微笑んでくれた。

第七話　大きくなった背中

悪霊が出てこないので動き出してくるのを待つことにした私たちは、屋敷の中を隅々まで見て回った。


「ここいい屋敷だね！　悪霊を浄化したらここに住もう！」

「はい、私も異論はありません」

結果として私とルーちゃんはこの屋敷を大いに気に入った。

リビングや寝室、厨房《ちゅうぼう》だって広いし、部屋数もそれなりに多い。

不意の来客があろうと余裕を持って対応もできるだろう。

「部屋が広いのもいいけど、お風呂が大きいのが最高だね！」

教会の上階で間借りしていたお風呂よりも大きな湯船に私は魅了されたのだ。

ここに住めば、あの大きな湯船に入り放題。

そんな優雅な生活を想像しただけで、私の心はワクワクとしていた。

「本当にソフィア様は湯浴みがお好きですね」

うっとりとしている私を見てルーちゃんがクスリと笑う。

「ルーちゃんはどこが一番気に入った？」

風呂好きな私は、大きな湯船があるだけで大満足であるが、ルーちゃんはそうはいかない。一緒に暮らす以上、私の独りよがりにならないようにしないと。

ルーちゃんは自分のことよりも私のことを優先する傾向があるし。二人で住む以上は、互いに納得のいく家に住みたい。

「部屋の広さもそうですが、特に気に入ったのは厨房と庭の広さですね」

「厨房はわかるけど庭……？」

「はい、あれだけ広ければいつでも稽古ができます。教会本部にも稽古場や演習場がありますが、自室からは遠い上に大勢の人がいますから」

「な、なるほど」

私は聖魔法使いなので、そこまで稽古のスペースに困ることはないが、聖騎士にはそのような困りごとがあったんだ。

「ですので、私は無理していませんよ。本当にここを気に入っていますので」

「そっか。なら、よかった」

私が心配していたことはお見通しだったようだ。

なんだかそれが照れ臭くて私は誤魔化すように明るく笑った。

「それにしても悪霊は出てきませんね」

「うん、出てこないね」

夕食を食べ終え、お風呂にも入り終えて時刻はすっかり夜だ。

悪霊の類は夜になると力を増して、動きも活発になる。

こうして寝室でくつろいでいるが、未だに悪霊が襲ってくることはない。

「ソフィア様の力に恐れをなして出ていったということは？」

「それはないね。しっかりと感知はできないけど違和感はずっとあるから」

感知はできないがずっと纏わりつくような違和感がある。こういう時は魔の者が周囲にいる証《あかし》だ。私たちにビビッていなくなったわけではない。

「となると、夜通し待ち続ける他はありませんね。私が見張っていますので、ソフィア様はお休みになってください」

「えー？　ルーちゃんも一緒に寝ようよ」

ベッドから離れようとするルーちゃんの裾を掴む。

「しかし、それでは悪霊が……」

「ここまで動いてないとなると慎重なタイプなんだと思う。私たちが隙を見せない限り、動かないよ」

過去にも似たような性質の悪霊がいた。

非常に慎重な悪霊で三日ほど徹夜をしたが現れることはなく、眠ったフリをしてみせてようやく出てきた。

「なるほど、そういうタイプもいるのですね。ならば、敢《あ》えて眠ったフリをして誘《おび》き出《だ》すのもいいでしょう」

「そういうわけで一緒に寝よっか！」

感心したように頷くルーちゃんを見て、私は布団をポンポンと叩《たた》いた。

「同じベッドでですか？」

「だって、ここには大きなベッドしかないし、私とルーちゃんが離れるのは安全性の面から良くないでしょ？」

幸いにして寝室にあるベッドはとても大きい。二人が寝転んでも十分に余裕がある広さだ。

これはもう一緒に寝るしかない。

「確かにそれもそうですが……」

「はい、そういうわけで決まりー！」

恥ずかしいのだろうか尚《なお》も渋った様子を見せるルーちゃんにキッパリと告げた。

すると、ルーちゃんは諦めたようにため息をついて、ゆっくりと横になった。

悪霊を警戒してか聖剣はいつでも手に取れる位置に置いた。

私も同じように横になって二人の身体を覆うように布団をかける。

「……なんだか妙に嬉しそうですね、ソフィア様」

「一緒のベッドで眠るなんてルーちゃんが小さな頃以来だもんねー」

ルーちゃんが小さな時はこうして一緒に眠ったことがあった。私にはそれが懐かしくてしょうがない。

「昔みたいに私に抱き着いてきてもいいんだよ？」

「……もう子供ではありませんから」

おいでとばかりに両腕を広げると、ルーちゃんはそっぽを向いて背中を向けた。

「二十年前は私に抱き着かないと眠れないってぐずっていたのに」

「五歳の頃の話ですから」

ま、まさかこの年になってルーちゃんが反抗期になるとは。お姉さん、悲しい。

「うー、ルーちゃんが抱き着いてこないなら私から抱き着いちゃお！」

ルーちゃんが抱き着いてきてくれなくなったので、こちらから抱き着くことにした。

「そ、ソフィア様？」

私に抱き着かれてドギマギとした反応をしているルーちゃんが可愛い。

「……ルーちゃん、本当に大きくなったんだね」

「それはそうですよ。もう二十五歳なんですから」

抱き着いてみるとわかるルーちゃんの身体の大きさ。

昔はもっと小さくて私の腕の中にすっぽりと収まるほどだったのに。

柔らかい肌の下にはしっかりと引き締まった筋肉があるのがわかる。

「頑張って聖騎士になったんだね」

日々、たゆまぬ努力を続けてきたが故のしなやかな身体つき。

きっと聖騎士になるまでにすごい努力を重ねてきたんだろうな。

「目覚めるかもわからない私を待っていてくれてありがとう」

聖女見習いが騎士へと転向して聖騎士になるなんて並大抵の努力でできることではない。

それが簡単にできるのであれば、教会には多くの聖騎士が溢《あふ》れていることだろう。

私のそんな言葉にルーちゃんは身体を震わせた。

「今の私があるのはソフィア様のお陰です。私はその恩に応えたかっただけです」

「それでも嬉しいよ。本当にありがとう」

二十年後の世界に目覚めて、街や景色、周囲の人間の皆がすっかりと変わってしまい、私はかなり不安になっていた。そんな中でも昔と変わらない一途《いちず》さで、私の傍にいたいといってくれたルーちゃんの言葉がどれほど嬉しかったことか。

素直にお礼を伝えると、ルーちゃんの耳は微《かす》かに赤く染まっていた。

互いにストレートな言葉を言い合ったからだろうか。妙にシーンとしてしまって恥ずかしい。

私も耳の辺りが赤くなっているような気がする。

「えへへ、なんだか恥ずかしいね」

「……恥ずかしさを誤魔化すために胸を揉《も》まないでください」

「ごめん、つい手持ち無沙汰になっちゃって……」

ルーちゃんの呆《あき》れたような言葉で私はつい自分の手がルーちゃんのたわわな胸に移動していることに気付いた。

「……大きい。それに、張りがあって柔らかい……っ！」

手から零《こぼ》れ落《お》ちんばかりの大きさで指が深く沈み込む。

驚愕なのがその重量感だ。まるでスライムを持ち上げたかのような重みだ。

一キロくらいはある？　こんなにも重いものがあるのに、軽やかに動き回れるルーちゃんが不思議だ。

「んんっ、ソフィア様、いい加減にしてくだ――」

抗議の声を上げようとしたルーちゃんであるが、それと同時に僅かな魔力反応と風切り音が聞こえた。

瞬時にルーちゃんは鞘《さや》に入ったままの聖剣を振り払い、飛来物を打ち落とした。

カーペットの上に落ちてガシャンと破砕音を上げる壺《つぼ》。

ベッドからすぐに身を起こして、戦闘態勢に入る私。

視線をやると壺だけでなく、イス、テーブル、絵画などが宙に浮かんでいた。

「こ、これは……」

「悪霊のお出ましだね」

第八話　レイス

私たちの目の前でゆらゆらと浮かんでいる寝室の家具や調度品の数々。

その現象はさながらポルターガイストであるが、実際は悪霊の魔力によって動かされているだけだ。理屈さえわかっていれば、ただの魔法と変わりはなく恐れる必要はない。

浮かんだ家具がこちらに飛んでくるが、ルーちゃんが聖剣で叩き落とし、逸《そ》らすことで守ってくれた。

ベッドやソファーといった大きな家具が動いていないことから、やはり力の弱い悪霊らしく重いものまで操作することはできないのだろう。

『出ていって！』

私たちの脳裏に響く少女の叫び声。

怒りだけではなく悲しみも混じっているような必死な声だった。

荒々しい拒絶の意を示すように家具や調度品が飛んでくる。打ち落とされた家具や、欠けた調度品なども再利用しているために中々の弾幕だ。

「『結界』」

限られた寝室のスペースで避けるのは困難と判断してかルーちゃんが、聖魔法による防御結界を発動。

飛来してきた家具などが翡翠《ひすい》色の壁に阻まれて落下していく。

「ソフィア様！」

ルーちゃんから上がる短い声。

私はその意図を真っ先に理解し、悪霊の居場所を突き止めることに成功していた。

「扉の傍に悪霊がいる！」

さっきまでは詳細な居場所まで突き止めることはできなかったが、悪霊の魔力が活発になって私でも感知できるようになった。

瘴気とは違った、ほの暗くて重い魔力。間違いなく悪霊の類やアンデッドだろう。

私が指さした出入り口の扉には、そんな魔力を纏った悪霊がいた。

「私にも見えました！　そこですね！」

大まかな居場所さえわかれば、聖魔法の素質のあるルーちゃんにも感知することは可能。

『――ッ⁉』

ルーちゃんが鞘を放り投げて聖剣で斬り込んでいく。

すると、悪霊は動揺した反応をみせてそのままバッサリ――かと思いきや、ルーちゃんの聖剣は空を切っただけだった。

「消えた⁉」

「扉をすり抜けて廊下の奥に行った！　多分、レイスだよ！」

私の目にはくっきりと扉をすり抜ける姿が見えた。

レイスとは実体のない身体を持ったアンデッドに分類される魔物だ。

強い感情を抱いた人間が魔力と混じり合うことで誕生する。

大きな特徴は魔力を使って物を動かすサイキックや、今目にしたような透過能力である。

私とルーちゃんは寝室から出て、レイスを追いかける。

廊下に飛び出すとレイスが追撃を拒むように、壁にかけられている絵画を飛ばしてくる。

先頭を走るルーちゃんは聖剣で払い落とす。

せっかく綺麗《きれい》な屋敷だったのに滅茶苦茶《めちゃくちゃ》だ。終わったら片付けないと。

透過して逃げるレイスを追いかける私たちであるが、急にレイスがUターンしてきた。

「ルーちゃん、壁を透過して戻ってくる！　気を付けて！」

忠告の声を上げると、ルーちゃんが身体を低くして攻撃を躱《かわ》した。

おぼろげな光からは真っ白な手が伸びているのが見えた。

「助かりました。危うくドレインタッチをされるところでした」

ドレインタッチは、触れた相手の魔力や生気を奪って自分のものにできる技。

レイスをはじめとするアンデッドが所有する凶悪な技の一つだ。力の弱いレイスとはいえ、不用意にドレインタッチを食らっては昏倒《こんとう》させられてしまう可能性がある。

きっとそれを警戒させるためにわざと奇襲してきたのだろう。

事実、ドレインタッチの奇襲以後、私たちの足が少し鈍る。

その間にレイスはぐんぐんと速度を上げて壁を透過していく。私はそれを見失わないようにしっかりと感知。

「物置部屋に行った！」

「わかりました！」

指示を出すと、ルーちゃんが一気に駆け出して物置部屋に踏み込んだ。

レイスはルーちゃんの接近の速さに驚き、慌てて床へと透過しようとする。

きっと一階に下りる気だ。横への透過は追いかけることはできても、上下の透過をされると中々追いつくことはできない。

屋敷に住み着いているレイスなので屋敷内でしか活動できないだろうがまた姿をくらまされては厄介だ。

「『ホーリー』」

ルーちゃんが聖魔法による浄化をぶつける。

レイスを一気に消滅させるには至らない威力であるが、発動速度は中々で見事にレイスに直撃した。

『きゃあああああっ⁉　熱いっ！』

レイスはアンデッドなので瘴気持ちの魔物と同じく、聖魔法を大の苦手としている。威力は低くても大きなダメージだ。

透過を中断させられたレイスが悲鳴を上げて廊下を転がる。

「メイドさん⁉」

聖魔法によってどんよりとした魔力が払われ、露《あら》わになった姿は可愛らしいメイドだった。

年齢は私と同じか少し年下程度。

あどけなさの残る顔立ちで茶髪をポニーテールにした少女。

クリッとした瞳には涙が浮かんでおり、庇護《ひご》欲をそそられる。

しかし、輪郭は青白くて足元もどこか半透明であるのがレイスであることを雄弁に語っていた。

聖魔法の浄化を受けてか、青白い光が弱々しい。


「終わりです！」

それでもルーちゃんは戸惑うことなく、教会の聖騎士として退治しようと聖剣を振り上げる。

『や、やだ！　まだ死にたくない！　きっと、ご主人様が帰ってくるから！』

「ルーちゃん、待って！」

「そ、ソフィア様⁉　どうして止めるのです？」

聖剣を振り下ろそうとしたところで制止の声を上げると、ルーちゃんが戸惑った声を上げた。

「この子、悪いレイスじゃないと思う」

「ソフィア様、それって矛盾していませんか？　レイスはこの世を憎むアンデッド系の魔物ですよ？　悪くないレイスがいるはずありません」

「基本的にはそうだけど、そこまで害を為《な》すような存在ばかりじゃないんだよ。ほら、前に教会の庇護を受けてひっそりと生きているアンデッドもいるって言ったでしょ？」

「……てっきり冗談か何かかと思っていました」

「本当にいるよ？　魔王討伐の道中で道案内をしてくれたアンデッドがね」

私を含めた勇者パーティーやメアリーゼといった一部の人しか知らない情報だ。ルーちゃんが知らないのも無理はない。

アンデッドでありながら瘴気に呑まれることなく、魔王に協力すらしなかった変わり者。今も魔法を研究しながら田舎でまったりしているんだろうか。

不死のアンデッドなので、彼なら昨日のことのように変わらない様子で接してくれるかもしれない。

「しかし、このレイスがソフィア様のおっしゃる良いレイスであるとは限りません」

『わ、わたし、悪いレイスじゃありません！』

ルーちゃんが鋭い眼差しと共に聖剣を突きつけると、レイスの少女が某ゲームの魔物みたいな台詞を吐いた。

「まあまあ、ルーちゃん。ここは私に任せて」

「……ソフィア様がそこまでおっしゃるのであれば。しかし、少しでも危険を察知すれば、斬ります」

諭すように言うと、ルーちゃんは不承不承剣を収めてくれた。

「私、ソフィアっていうの。あなたの名前は？」

『……え、エステルです』

敵意を感じさせない穏やかな表情で問いかけると、恐怖に顔をゆがめていたレイスは名乗ってくれた。

エステル、それが生前の彼女の名前だったのだろう。

意思もはっきりとしているし邪悪な魔力や敵意も感じない。

「どうしてあなたがここにいるのか教えてくれないかな？」

エステルは先ほど誰かが帰ってくると言っていた。

彼女がレイスとなってここに居ついている理由がきっとそこにあるはず。

『……は、はい』

私が尋ねると、エステルはぽつりぽつりと話し始めた。

◆

エステルはこの屋敷に住んでいた聖騎士の身の回りの世話をするメイドだった。

とても実直で優しい主を持った彼女は、この屋敷で幸せに働いていたらしい。

しかし、世界は魔王によって侵攻され、あちこちが瘴気に呑まれていった。

聖騎士である主は瘴気持ちの魔物を打ち倒すために、戦いへと赴くことになった。

必ず帰ってくると告げた主であるが、前線で行方不明となってしまったらしい。

『それでも私はご主人様が帰ってくることを信じて、待ち続けることにしたんです』

「死んでレイスになっても？」

『……はい、こんな姿になってしまってご主人様が歓迎してくれるかはわかりませんが、必ず屋敷でお出迎えをすると約束したので』

主が行方不明になってしばらく。

エステルは気落ちした影響もあって流行《はや》り病で亡くなってしまった。

行方不明となった主を屋敷で待ち続けることができなかった。そんな強い後悔と執着が魔力と反応して、エステルをレイスへと変えたようだ。

そして、エステルは今も主の帰還を信じてこの屋敷を守っている。

引っ越してくる人間や浄化にきた聖女見習いを追い出していたのは、そのためだったらしい。

魔王と人類の戦いとなると、それは私が眠りにつく前の話。二十年以上も前だ。

行方不明とされている聖騎士が生きているはずがない。

エステルの中での時間は二十年前で止まっているせいか、それに気付く様子はない。あるいはわかった上で現実逃避しているのだろうか。

真実を伝えるかどうか迷う。

だけど、このまま待たせ続けてもエステルは幸せにならない。

不動産屋だって屋敷に人を住まわせることができなくて困るだろう。

私が見逃したとしても、いずれ他の聖女を派遣されるかもしれない。

そうなったら問答無用で浄化される可能性が高い。

それじゃあ、誰も幸せにならない。少しリスクはあるけど、エステルに真実を伝えるべきだ。

「エステルの主である聖騎士さんのお名前を聞いてもいい？」

二十年前であれば、私が眠りに入る前の時代だ。

その頃の聖騎士であれば、私の知っている人の可能性が高い。

『私の敬愛するご主人様は、聖騎士ケビンネス様です』

その人のことを私は知っている。かつて教会で活躍していた聖騎士の一人であり、とても実直な性格をした聖騎士だ。

「その人のことなら知っているよ」

『本当ですか⁉　ケビンネス様は今どこに⁉』

私がそう返事すると、エステルが前のめりになって必死な表情で尋ねてくる。

「いないよ」

『え？　どういうことです？』

「その人はこの世にはいないんだ。もう亡くなっているから」

第九話　魔力暴走

『えっ？　嘘ですよね……？』

私が真実を伝えると、エステルは理解できなかったのだろう。呆《ほう》けた声を上げた。

「嘘じゃないよ。彼は最前線で魔王と遭遇したんだ。瘴気に呑まれて遺体が見つかってないから行方不明ってことになっていたけど、今は殉職ってことになってる」

当時は今みたいに世界が平和ではなく、人の死が身近だった。

捜索をする時間もなく、行方不明と判定を受けて、後に殉職と断定されたケースも少なくない。

ケビンネスさんも後になって殉職とされた一人だ。

魔王と対峙《たいじ》した私だからわかる。あれだけ濃密な瘴気に呑まれて生きていられるはずがない。

『どうしてソフィアさんにそんなことがわかるんですか⁉』

「……わかるよ。私たちは教会の人間でケビンネスさんを知っていたから」

『そ、そんな……』

「魔王の侵攻から既に二十年以上が経過しています。仮にその時に生きていたとしても、ずっと帰ってきていないってことはもう……」

『に、二十年？』

目を伏せながらのルーちゃんの言葉を聞き、エステルが目を見開く。

「ケビンネスさんがいなくなってからもう二十年の月日が流れているんだ」

やはりレイスになってしまったせいか時間の流れに鈍感になってしまったようだ。

『……いや、いやあああああああああああああああああああッ！』

エステルは絶句し、それから身体を震わせると耳をつんざくような悲鳴を上げた。

それと同時にエステルの魔力が一気に膨れ上がり、物置部屋にあるあらゆる物が舞い上がった。

エステルを中心に渦巻く魔力によって、私たちの髪がたなびく。

「ソフィア様、これは……っ！」

「エステルの魔力が暴走しているんだ」

感情の昂《たか》ぶりによって引き起こされた魔力暴走。

アンデッド系の魔物は、現世に留まる理由がなくなると自然と消滅することがある。

しかし、私が伝えた真実は逆効果で、彼女に魔力暴走を引き起こさせてしまった。

『いやあああああああああああッ！』

エステルを中心とした台風のように家具が動き回る。

まるで不条理な世の中への憎悪を表すように。

魔力が暴走したことで力が強くなっているのか、屋敷にある様々なものが浮かび上がっている。

このままじゃ屋敷そのものが壊れてしまう。

主を待つために屋敷を守ってきたエステルにとって、それはもっとも救われない結末だ。

大事に守ってきた物を自分で潰してしまうなんて可哀想《かわいそう》だ。

私はエステルを止めることにした。

荒れ狂う家具を結界で弾《はじ》きながらエステルに近づいていく。

「ソフィア様、危険です！」

「私に任せて」

振り返って告げると、ルーちゃんはしょうがないといった様子で引き下がった。

深く説明するまでもなく、信頼してくれるのが嬉しい。

飛び交う家具の嵐の中へと突き進むと、展開した結界にガンガンと激しく家具が衝突する。

まともにぶつかれば吹っ飛び、当たり所が悪ければ大怪我をしてしまう威力。

基本的に弱い力しか持っていなかったエステルであるが、魔力暴走によって力が無理矢理引き上げられ重い物まで飛来するようになっていた。

しかし、そんなものでは私の結界を破ることはできない。

押し寄せる家具を結界で防ぎ、ゴリ押しでエステルに近づいた。

家具の波をかき分けると中心にはエステルがいる。正気を失った表情で叫んでいる。

聖魔法で浄化してしまえば話は簡単であるが、彼女はすごく良いレイスだ。

主をずっと待ち続けて、死んでレイスとなっても屋敷を守り続けている。

そんな子が悪いはずがない。魔力暴走してしまったからといって浄化なんてしたくはない。

だったら、エステルの魔力暴走を止めるまでだ。

「エステル！」

近くで大きな声を上げて名前を呼んでみるが、エステルが答えることはない。

主の死という残酷な現実を受け入れることができず、固い心の殻に閉じこもっているよう。

だったら、それ以外の方法で接触するしかない。

私は聖魔法を解除して、そのままエステルを抱きしめた。

「ソフィア様⁉　レイスに触れてはドレインタッチが！」

レイスであるエステルを抱きしめると、見守っていたルーちゃんが悲鳴を上げた。

「私なら大丈夫！」

通常ならばルーちゃんの懸念している通り、ドレインタッチによって魔力や生気を奪い取られるのだが、聖魔力が高い私はそれに抗《あらが》うことができ、触れられる。

聖魔力の強過ぎる私では加減を間違えると、エステルを浄化してしまうので加減がかなり難しい。だけど、悲しみに沈んだエステルを救うために頑張るしかない。

「大丈夫、落ち着いて」

『あああああああああああッ！』

聖魔力を調節しながら必死に声をかけるもエステルの耳には届いていない。

「止まって。魔力暴走を続けたらエステルの身体も危ないんだよ⁉」

魔力暴走は己の限界を超えた力を行使し続けることになる。そんな状態が長く続いて身体に影響がないわけがない。

『ケビンネス様のいない世界なんていらない！　もうどうなってもいい！』

エステルの身を案じて訴えかけると、エステルは泣きながら叫んだ。

……どうすれば、私の言葉で彼女を止めることができるだろう。

エステルが話してくれた言葉を思い返しながら、私は彼女にもっとも響くであろう言葉を選択する。

「だからって、ご主人様との大切な思い出の場所まで壊しちゃうの？」

『――ッ⁉』

その一言を聞くと、エステルは目を見開いて驚愕。

周囲を渦巻いていた家具がピタリと止まり、力を失ったかのように床に落下した。

どうやら我に返ってくれたようだ。

「ごめんね、辛《つら》いことを言っちゃって。それだけご主人様に会いたかったんだよね」

『……う、うう、ふぇえええええええええっ』

私の言葉で悲しみのダムが決壊したのか大粒の涙を流すエステル。

先ほどのような魔力暴走はまったくなく、目の前では心優しいレイスの少女が泣きじゃくっているだけだった。

「……ソフィア様、急にレイスを抱きしめるだなんて心臓に悪過ぎます」

「あはは、ごめんね。私なら平気だから」

心配して疲れた様子のルーちゃん。もう危険はないと判断したのか聖剣は鞘に収めていた。

『ふえええええええええ、ソフィア様！　辛かったです！　寂しかったです！』

「よしよし、よく頑張ったね。自分が死んじゃったのに、それでもご主人様を待ち続けるなんて本当に偉いよ」

私は子供のように泣きじゃくるエステルを母親のようにあやし続けるのであった。

◆

『すみません、先ほどはご迷惑をおかけしました』

私の胸の中でひとしきり泣き叫ぶと、ようやく落ち着いたのかエステルがぺこりと頭を下げた。

涙を流した影響か瞼《まぶた》が少し赤くなり腫れている。レイスなのにすごく人間らしい。

「元はといえば、私のせいだしね。気にしなくていいよ」

『そんなことはありません！　ソフィア様が止めてくれなければ、私は大事な物を壊してしまうところでした！』

私が思わず謝ると、エステルがそれを否定するように大声を上げる。

互いに謝り合うのがおかしくて私とエステルは同時に笑ってしまう。

「えっと、ソフィア様。これからどうするのです？　レイスを浄化しますか？」

『ひいっ！』

物騒なことを言い出すルーちゃんの言葉に、エステルが短い悲鳴を上げて私の後ろに隠れた。

……とっても可愛い。

昔のルーちゃんもこんな風に小さくて臆病だった。

「話も通じるいい子だし、浄化はしたくないな」

『ソフィア様！』

「……ソフィア様、そのレイスにほだされてはいませんか？」

「そ、そんなことはないよ」

ルーちゃんが訝《いぶか》しむような視線で私を見つめる。

なんとなく心が見透かされているような気がするが、そんな理由だけで浄化しないわけではない。

「さっきは私のせいで魔力暴走しちゃったけど、もう落ち着いているし、最初から邪気もなかったからね。浄化するほどじゃないよ」

「では、そのレイスをどうするのです？」

そう言われると、どうしたらいいかわからない。悪い子ではなかったので浄化しなかったが、具体的にどうしてやろうとかまで考えていなかった。

「えっと、エステルはどうしたい？」

『可能であればここにいたいです。ここはケビンネス様との思い出の詰まった屋敷なので』

「そうだよね。ここはエステルにとって大事な場所だもん。離れたくないよね」

『はい』

とはいえ、入ってくる住民を追い返されるとまた問題になってしまって困る。

「だったら、私たちと一緒にここで住むっていうのはどう？」

『いいのですか⁉』

「うん！　そうすれば、無関係の人が入ってくることはないし、エステルを浄化しないで済むからね」

『是非、そうさせてください！』

私がそんな提案をすると、エステルは顔を輝かせて頷いた。

「という風に考えたんだけど、どうかなルーちゃん？」

思いつきで提案したものの、すっかり同居人のことを忘れていた私は改めてルーちゃんに尋ねる。

「……はぁ、ソフィア様ならそんなことを言うと思いましたよ。ソフィア様がそうしたいのであれば、私は構いませんよ」

「ありがとう、ルーちゃん！」

頭が痛そうな表情をするルーちゃんに私は抱き着いた。

さすがは私の聖騎士、器が大きい。

「ただ、不動産屋や教会がどのような反応を示すかは不明ですが……」

「そっちに関しては私がメアリーゼに言っておくから！」

二十年前にもこのようなことがあった。メアリーゼは清濁併せ呑むことのできる人だ。

他のお堅い上層部と違って理解を示してくれるだろう。二十年前もそうだったし。

『あ、あの、一つお願いしてもいいですか？』

「どうしたの？」

『ソフィア様の身の回りのお世話をしてもいいですか？』

「うん、いいよ！」

私とルーちゃんも忙しい時があるから、ちょうど身の回りの世話をしてくれる人がいたらいいなーって思っていた。

元々、ここで働き長年住んでいたエステルなら屋敷のことも熟知していることだろう。手伝いを申し出てくれるのは非常に嬉しい。

そんな思いもあって快く頷くと、エステルは感激した表情を浮かべた。

『ありがとうございます！　誠心誠意お仕えさせていただきますね！』

「……新しい屋敷にレイスのメイドですか。本当にソフィア様と一緒にいると退屈しませんね」

第十話　レイスのメイド

『ソフィア様、朝ですよ！』

そんな可愛らしい声に目を覚ますと、目の前には壁から上半身だけを出して覗《のぞ》き込《こ》んでいるエステルがいた。

「うわわわわわわわわっ！」

『ソフィア様⁉』

ショッキングな光景を目にして私は勢いよく身体を起こす――ことはできない。エステルとぶつかってしまう。

結果として私は情けない悲鳴を上げながら、ベッドの上で仰向けになったまま手足をバタバタとさせた。

しばらく滑稽な姿を晒《さら》すと、さすがに落ち着いてきて私はゆっくりと身体を起こした。

『おはようございます、ソフィア様。大丈夫ですか？』

「エステル、その起こし方はやめて。すごく心臓に悪いかも」

目を覚ますなり壁から上半身だけが突き出たメイドがいるのはホラーでしかない。

お陰で目は覚めたけど、今も心臓がバクバクとしていた。

『申し訳ありません。つい、便利なので』

「まあ、レイスだからね」

『少し寝癖がついていますね。髪を整えても構いませんか？』

「うん、お願い！」

髪を整えやすいように私は寝室にあるイスに腰かける。

すると、エステルが後ろに回って手や櫛《くし》を使って優しく髪を梳《す》き始めた。

屋敷に住み着いていた悪霊、もといレイスのエステルは浄化せず、和解したことをメアリーゼに報告し、すったもんだの末にエステルは私に仕えることが認められた。

メアリーゼから直接話がいって、不動産屋も納得して依頼も取り消してくれた。

とはいえ、元の約束は浄化だったのでそのまま格安で譲ってもらうのは申し訳なく、迷惑料も含めての正規の値段で買い上げることにした。

それなりの年月が経過していた屋敷であり、悪霊騒ぎで誰も入居することがなかったので値段はそれほどでもない。世界を救った報酬として母さんの口座には目玉が飛び出るような額があるので、大した痛手でもなかった。

むしろ、こんなに可愛らしいメイドが付いてきたと思えばとってもお得だろう。

見習い聖女や騎士見習いを雇う面倒もないし、屋敷について熟知している家事のプロなので頼もしいことこの上ない。

『ソフィア様の髪はとてもサラサラで綺麗ですね』

「ありがとう」

長髪の時は少しだけ毛先に癖があったのだが、短くしてからはそれもほとんどなくなった。

これも短くした利点だ。

「あー、素晴らしいテクニックだよ」

エステルの梳き方はとても丁寧だ。サラサラと細い指や櫛が通っていき、頭皮まで優しく撫でられているかのよう。

ルーちゃん以外の人にこんな風にやってもらうのは久し振りなので凄く新鮮だ。

『よかったです。女性の髪を梳くのは久し振りだったので』

「男性だとこういう手入れはあんまりないもんね」

パーティーで活動している時もアークやランダン、セルビスの準備の早さを見て羨ましいと思ったものだ。

『いかがでしょう?』

などと会話しているとすっかりと終わったようだ。

「わっ、綺麗な編み込みができてる！　可愛い！」

鏡を覗き込むと、シレッと髪が編み込まれている。

普段やっているタイプとは違って少し複雑で可愛いやつだ。

『お気に召されたようでよかったです』

いつの間にやっていたんだろう。まったく気付かなかった。

朝からいつもと違ったオシャレができて、私のテンションは爆上がりだ。

『ルミナリエさんは既に起きており、朝食の準備もできています。支度ができましたらリビングに降りてきてください』

「うん、わかった」

返事すると、エステルは恭しく一礼をして床へと沈んでいった。

レイスの透過能力を活《い》かして、そのまま一階へと移動したのだろう。

「レイスの透過能力が便利だ」

透過して下に降りてしまえば部屋を出て階段を降りるなどと回り道する必要はない。

しかし、ただの人間である私にはとても真似《まね》できないので、大人しく身支度を始める。

寝間着から普段着に着替え終わったところで扉がノックされた。

「ソフィア様、まもなく朝食の時間です。そろそろ起きてくださ――」

「もう起きてるよ」

「ソフィア様が朝からシャンとしている⁉」

扉を開けて入ってきたルーちゃんが私を目にするなり驚愕の声を上げた。

ルーちゃん、それは大袈裟《おおげさ》だよ。そんなに驚くほど私の生活はだらしなくない。

「さては私より先にエステルが来ましたね？」

「う、うん、そうだけど……」

「……な、なんということです。ソフィア様を起こすのは私のお役目なのに……」

教会本部で部屋を間借りしていた時は、ルーちゃんが毎日起こして、髪を整えてくれた。彼女からすれば、まさに先を越された思いなのだろう。

「むむむ！　髪にいつもとは違う編み込みが！　……レイスの癖にやりますね。私も新しいバリエーションを増やさなければ……」

新しい編み込みがされた私の髪を眺め、むむむと唸《うな》るルーちゃん。

エステルは元は家事や身の回りのお世話を専門としていたメイドだ。無理に張り合わなくてもいいのだけど、私は好きにさせることにした。

◆

支度を終えて、ルーちゃんと共にリビングに移動すると、食卓には豪勢な朝食が並んでいた。

焼き立てのパン、サラダ、プレーンオムレツ、ふかしたジャガイモ、鶏肉《とりにく》の香草焼き、トマトスープ、カットされた果物など。

教会の朝食も豪華だと思っていたが、目の前にあるものはそれ以上だ。

「わあっ！　美味しそう！」

『すみません、お料理をするのが久し振りだったもので作り過ぎてしまいました』

私が喜ぶと、どこか照れ臭そうに微笑むエステル。

久し振りの給仕で舞い上がっている彼女がとても可愛らしい。

『量が多ければ昼食に活用しますので無理のない範囲で食べてくださいね』

「大丈夫。全部食べる」

　これだけ美味しそうな朝食だ。お腹もペコペコだし、今の私ならきっと食べられるだろう。

「ソフィア様、食前のお祈りを……」

「あう」

　席につくなり食べようと食器に手を伸ばしたが、ルーちゃんに止められた。

　教会の食堂じゃないし別にいらないいんじゃない？　なんて思ったけど、それを言ったら怒られそうなので大人しく食前の祈りを捧げることにした。

「女神セフィロト様に感謝して、いただきます！」

　やや早口で食前の祈りを捧げると、私は今度こそ食器に手を伸ばした。

　まずは皿の上に鎮座している柔らかそうなプレーンオムレツからだ。

　ナイフで切り分けてそっと口に運ぶ。

「わわっ、このプレーンオムレツすごくとろとろ！　美味しい！」

　口の中でほろりと崩れ、中から玉子の旨《うま》みとバターの旨みが溶けだしてくるようだ。

　絶妙な火加減によってなされる優しい味わいだ。

『ありがとうございます！』

　パンもしっかりと焼き上がっておりフワフワ。

　鶏肉の香草焼きも焼き加減が抜群で、ジューシーでありながら香ばしい。どのような香草を使っているのかわからないが、初めて食べる味だった。

トマトスープもトマトの旨みと酸味がしっかりしているだけでなく、くたくたになるまで煮込まれた野菜たちがいい味を出している。

ふかしたジャガイモも素朴な甘みがあって非常に落ち着いた。

「……やりますね」

『恐縮です』

これにはルーちゃんも素っ気なくはあるがきちんと褒めていた。

まだちょっと素直じゃないのはルーちゃんの中で、アンデッドと暮らすことを呑み込めていないからだろう。

エステルの方もルーちゃんには浄化されかけたので、ちょっとした苦手意識を持っている模様。

これについては二人とも慣れてもらうしかない。

時間が解決してくれる問題だろうと思うので、一緒に過ごしていけば慣れると思う。

『それでは、私はキューとロスカに食事を与えてきますね』

「うん、お願い」

キューとロスカも教会本部からこちらに移って、屋敷の傍にあるキュロス舎に住んでいる。

エステルは屋敷の敷地《しきち》内であれば自由に移動できるようなので、そちらの世話もやってくれるようだ。

キューとロスカの餌を持って、スーッと壁をすり抜けていくエステル。

「メイドさんがいるとすごく助かるね」

「誰かにやってもらうというのは少し落ち着きませんが、悪くはないですね」

とはいえ、エステルはアンデッドなので屋敷以外では昼間から活発に動くことはできないし、買い出しに街に移動することもできないので、そういった細々とした用事は私たちがやる必要があるだろう。全てを任せるのは慣れていないので、多少やるべきことがあるくらいで私たちにとってちょうどいいのかもしれない。

『きゃああああああああっ！』

もぐもぐと口を動かして朝食に舌鼓を打っていると、外からエステルの悲鳴が響いた。

「今の悲鳴はエステル？　ちょっと行ってみよう！」

「はい！」

尋常じゃない悲鳴を耳にした私とルーちゃんは、即座に立ち上がって外に出た。

第十一話　引っ越し祝い

「おいおい、こいつレイスだぞ！　なんでこんなところに魔物がいるんだ？」

『や、やめてください！　私はソフィア様にお仕えするメイドなんです！』

「嘘をつくな。どこに大聖女に仕えるアンデッドのメイドがいるというのだ」

「まあまあ、二人とも落ち着いて。見たところ悪意もないみたいだし、話を聞いてからでも遅くないよ」

キュロス舎の前ではランダンが大剣を、セルビスが杖《つえ》をエステルに突きつけ、それをアークが庇《かば》っている様子だった。

なんだか亀に乗って海の城に行ってしまうような前世の童話を彷彿《ほうふつ》とさせる光景だ。

「こらー！　私のメイドを苛《いじ》めるなー！」

『そ、ソフィア様！』

私が怒りを露わにして叫ぶと、エステルが感激した声で傍にやってくる。

「ええええー？　野良アンデッドじゃねえのか？」

「この子は私のお世話や屋敷の管理をしてくれるメイドなの！　メアリーゼも認めているし、勝手に倒すなんてダメ！」

「身の回りの世話をアンデッドにやらせるなどと聞いたことがないぞ」

きっぱりと告げるとランダンは大剣を背負い、セルビスは眉をひそめて小言を言いながらも杖を下ろしてくれた。

「……相変わらずソフィアはやることが斜め上だね」

「そうかな？　悪いアンデッドならともかく、良いアンデッドなら無暗《むやみ》に浄化する必要はないと思うよ？」

無害なのであれば、むやみやたらと浄化する必要ないと思う。

私の持論を聞いて、苦笑するアーク。

ランダンやセルビスも肩をすくめて、どこか諦めたような顔をしていた。

「ところで、三人とも何しにやってきたの？」

「ソフィアが新しい家に住んだって聞いてよ！　覗きに来てやったぜ！」

「そういうことさ。はい、これ引っ越しの祝い品」

素朴な疑問を投げると、ランダンが元気にそう言い、アークがたくさんの果物が入った籠を渡してくれた。

「わっ、私とルーちゃんが好きな果物だ！　ありがとう！」

「どういたしまして」

ランダンが入院している時よりも豪華な果物の詰め合わせセットだ。

私とルーちゃんが気に入って食べていたのを覚えていたらしい。さすがはアーク。

お土産のチョイスも気が利いている。

「俺は酒を持ってきたぜ！」

「俺はつまみになるものを持ってきた」

ランダンとセルビスが大きな箱に入った酒瓶とつまみの詰め合わせセットのようなものを見せてくる。しかし、私の手は既に果物セットでいっぱいだ。

『私がお持ちしますね』

「うん、お願い」

果物籠をエステルに渡すと、彼女は念動力で浮かび上がらせる。

ランダンやセルビスの祝い品も私が受け取ってからエステルに渡す。それらも同じようにエステルが浮かせていた。

「ランダンとセルビスもありがとう。とりあえず、中に入ってよ」

そんな光景に驚くランダンたちを連れて屋敷に入る。

玄関を抜けて廊下を進むと、つい先ほどまでいたリビングに到着だ。

『ところでソフィア様、あのお三方は一体どのような？』

落ち着くなりエステルがお土産を置いて、素朴な疑問を投げかけてくる。

うん、別にエステルなら私の正体やアークたちとの関係を話しても構わないだろう。これから私たちと一緒に生活をするわけだし。

「昔からの仲間なんだ。右からランダン、アーク、セルビスだよ」

『あれ？　ソフィア様、なんだかお客様のお名前はすごく聞いたことがあります。確か魔王を討伐するべく選ばれた勇者パーティーの……もしかして、ソフィア様って――』

　生きていたのが二十年以上前であり、世情に疎いエステルだが、勇者パーティーのことは耳にしたことがあるらしい。

「そう！　私もその一員で聖女をやっていたんだ！」

『しかし、随分と年齢が離れているような？』

「ソフィア様は魔王の瘴気を浄化するために二十年、眠っておられましたので」

『なるほど！　ソフィア様は私が思っていた以上にすごい方なんですね！』

「えへへ、そう？」

　そういう言葉は勇者パーティー時代に何度も耳にして慣れていたが、こうも純粋な感情を向けられては妙に照れ臭い。

「すごいなんてものじゃないよ。なにせ、魔王を討伐できたのはソフィアのお陰なんだから」

『魔王を討伐⁉　つ、つまり、ケビンネス様の仇《かたき》はソフィア様が討ってくれたということですか⁉』

「私だけの力じゃないよ。仲間がいたから倒すことができたんだよ」

　アーク、セルビス、ランダンがいたからこそ倒すことができた。私一人の力だなんてとんでもない。

『そうだったのですね。ソフィア様たちがケビンネス様の仇を……私、誠心誠意ソフィア様にお仕えさせていただきますね！』

「う、うん、ありがとう」

うるうると瞳を輝かせながらエステルがこちらを見つめる。

結果的にケビンネスさんの仇をとったことになるので、エステルからの忠誠心が爆上がりしたようだ。

生き残り、世界を救うために夢中でやったことなので、どう反応したらいいかちょっと困る。でも、彼女の憂いが一つとれたのだとしたら良いことだ。

なんとなく湿っぽい空気が流れたので、私はそれを振り払うように明るい声を出す。

「三人とも朝食は食べた？　多めにあるから食べてないなら一緒に食べられるよ」

「食べるぜ！」

私の言葉に真っ先に反応したのがランダンだ。

元気よく返事すると席に座った。

「僕は食べてきたから紅茶を貰えると嬉しいな」

「俺も同じだ」

『すぐに準備いたしますね』

エステルはランダンの分の食器を並べると、そう言って紅茶の用意を始めた。

素早く移動すると念動力を駆使して、様々な工程を並行して行っていく。

私とルーちゃんはまだ食事の途中なのでパクパクと食べ進める。

「落ち着いた雰囲気のいい屋敷だね」

「でしょ？　ちょうどいい広さで綺麗だよね」

アークと私の言葉に紅茶の用意をしていたエステルが微笑んでいた。

主との思い出が詰まっている屋敷だけあって褒められるのは嬉しいようだ。

「そうか？　こぢんまりとしている上に、築年数が経っているせいか古臭いぞ？　金ならあるんだ。もっと広い屋敷にしたらどうだ？」

しかし、セルビスのそんな言葉で表情が抜け落ちた。

まったく、どうしてセルビスは他人の地雷を一発で踏み抜くのだろうか。

「そんなことないよ！　綺麗だし、住むのは私とルーちゃんだけなんだから、これくらいの広さで十分だよ！　これ以上広いと管理が大変だし！」

「それなら使用人を増やせばいいだろ」

「たくさんの使用人に囲まれて暮らしたくないよ」

そんな大勢の人に囲まれた家なんて落ち着かない。

「……何故《なぜ》だ？」

しかし、セルビスは生粋の貴族のせいか私の言い分があまり理解できていなそうだ。

腕を組んで首を傾げている。

「普通に考えて知らねえ奴に囲まれて生活なんてしたくねえだろ」

食事の手を止めたランダンがバッサリと言う。

こういうところが貴族と平民の考え方の違いだろう。

「慣れると便利なんだけどね」

アークは平民から貴族になったので、平民と貴族の両方の考え方がわかるようだ。

「にしても、料理が美味いな！」

「エステルが作ってくれたんだよ」

「やるじゃねえか！」

『ありがとうございます！』

先ほどは大剣を突きつけられてしまったが、ランダンの心からの感想を聞いて嬉しそうなエステル。

セルビスの空気の読めない台詞から回復してくれたようだ。よかった。

『紅茶になります』

やがて紅茶ができ上がったのかアークやセルビスに差し出すエステル。

その動きは非常に洗練されている。

「うん、美味しいね。さすがはソフィアが見込んだメイドさんだ」

『ありがとうございます。紅茶を淹《い》れるのには自信がありますので』

どうやらエステルは紅茶を淹れるのが得意なよう。

本当にメイド力が高い。

一方でセルビスは一口飲むと、しげしげとエステルを見つめていた。

もしかして、セルビスってばエステルの可愛さに見惚《みと》れているとか？

『ど、どうかされましたか？』

「冷静に考えれば、このようにゆっくりとレイスを確認するのは初めてだと思ってな。レイスの身体がどのように構築されているか気になる」

違った。そんな可愛らしい視線じゃなかった。まるで実験動物を観察するかのような無機質な視線だった。

「ちょっとこっちにこい」

『ひ、ひいっ！　勘弁してください！』

魔力を纏わせながら剣呑《けんのん》な雰囲気を漂わせるセルビスを見て、エステルが涙目になって離れた。

「こら、セルビス。うちのエステルに手を出さないで」

「むむ、貴重な実験体だというのに……」

私が注意すると、とりあえずは魔力を引っ込めてみせるセルビス。

セルビスとエステルが二人っきりにならないように注意しないと。

私が瘴気を浄化していて眠っている時も、結晶を砕いて持ち帰ったというし何をするかわからない。

ちゃんと目を光らせておかないと。

でも、こんな風に朝から賑やかに過ごすことができるのはいいな。

眺めているだけで元気が貰える思いだ。

「ソフィア様、どうかしましたか？」

そんな風に私がにこにこしていることに気付いたのだろう、ルーちゃんが穏やかな表情で聞いてくる。

「私たちの家でこうして集まれるのが嬉しいなーって」

「これからはもっとそんな時間が増えますよ」

「うん！」

ルーちゃんの言葉が嬉しく、私は満面の笑みで頷いた。

第十二話　大聖女は力になりたい

「さて、俺はギルドに戻るぜ」

朝食を食べ終わりしばらく会話に花を咲かせると、ランダンが立ち上がった。

「それじゃあ、僕も仕事に戻ろうかな」

「俺も研究の続きをやるか」

それを皮切りにアークやセルビスも立ち上がる。

もう帰ってしまうことに寂しさを覚えてしまうが、三人とも地位と仕事があるので忙しいのだろう。

引き留めたくなる気持ちもあったが、それを堪えて笑顔で見送ることにした。

「わかった。忙しい中、顔を出してくれてありがとうね」

「また落ち着いたらその時はゆっくり集まろう」

「うん！」

アークの言葉を嬉しく思いながら、私たちは三人を見送った。

三人がいなくなると途端に屋敷が静かになる。

皆、それぞれがやることがある。

それはそれで大変なことだろうけど、やるべきことがあるっていうのはいいな。

「ルーちゃん、私たちも何かできることをしよう！」

「ソフィア様の世界への貢献を考えれば、そこまで必死になって動かなくても問題ないのですよ？」

「皆が頑張っている中、自分だけ何もしないのは落ち着かないんだ。それに魔神っていうのが本当に存在するなら、二十年前を超える世界の危機が近づいているかもしれないんだよ？　放っておくことはできないよ……また多くの人が傷つくのは嫌だから……」

そんな私の真剣な言葉を聞いて、ルーちゃんは何故かクスリと笑った。

「ちょっと！　なんで笑うの⁉」

「すみません、ソフィア様が本当に昔と変わらない様子だったので」

「そりゃそうだよ。私にとってはちょっと前なんだし」

拗ねたように口を尖《とが》らせると、ルーちゃんはますます笑った。

それから咳払《せきばら》いをして居住まいを正すと、ルーちゃんが改めて口を開く。

「わかりました。私たちもできることをやりましょう」

「うん！　でも、なにができるかな？」

「アーク様たちのような大規模な調査では役に立つことは難しいでしょう。私たちにはそういったノウハウや人脈も不足していますから」

「そうだよね……」

アークは今や貴族でアブレシアの領主、ランダンはSランク冒険者で、セルビスは宮廷魔導士であり高位貴族。情報面ではとても肩を並べられるわけもない。

私は大聖女であるものの、それは世間には公表していないので独自に強い権力を持っているわけではない。

メアリーゼやサレンといった頼もしい友人はいるが、専門外の私が介入したところで大して役に立つことはないだろう。

「しかし、私たちは皆さんとは違った長所を持っています。それは身軽さです」

「アークたちは地位があるから動くのが難しいけど、私とルーちゃんなら自由にどこにでもいけるもんね！」

「その通りです。私たちは縛られることなく、独自に動くことが可能です。アーク様たちの目の届かない場所を調べることもできます」

アークたちの目の届きにくい場所や、小さな異変にもすぐ対応することができる。

これは私たちの大きな利点だ。

もし、何か問題になってもメアリーゼにすぐに報告できるために何とかなるだろう。

「とはいっても、今は調査が始まったばかりでそれらしい情報は上がってきてないし」

馬車の中で話した魔神についての情報は、ルーちゃんにも共有済みだ。

今はアークたちが積極的に人脈を駆使して調査している状況。

「そうですね。手始めに教会の仕事でも受けながら、様子を探るのはどうでしょう？　魔神が出現したのであれば、各地の瘴気に異変があるかもしれません」

「そうだね。瘴気の浄化も聖女の仕事でもあるし、地道にやっていきながら情報を集めようか」

かなり大雑把な動きではあるが何もしないよりはマシだ。どちらにせよ、現状で私たちにできることが少ない以上、できることを着実にこなしていくのがいい。

「そういうわけで、ちょっと教会本部に行ってくるよ！」

『はい、行ってらっしゃいませソフィア様、ルミナリエさん』

慇懃に礼をしたエステルであるが、その表情はどことなく不安そうだ。

もしかして、私と前のご主人様を重ねちゃっているのかな？

「何があろうともソフィア様は私がお守りするので、そのような心配は無用です」

「私たちは無事に帰ってくるから。だから、笑顔で見送って？」

『はい、行ってらっしゃいませ！』

ルーちゃんと私がそう声をかけると、エステルは晴れ晴れとした笑顔で見送ってくれた。

◆

住んでいる屋敷から歩いて十分程度。私とルーちゃんは王都の教会本部に到着した。

つい先日まで内部に住んでいたので、改めて外から入るのは少し新鮮だ。

招集されてまだ到着していなかった聖女や見習い聖女もいるのか、まばらに馬車が到着しては教会に入っていく姿も見えた。

続いて内部に入ると、今日も教会は賑わっていた。

信徒による朝の祈りが行われていたり、指導員が見習い聖女たちを連れて稽古部屋へ移動していたりする。

受付の一画では、瘴気の浄化や解呪の依頼に来た一般人などが列を作っていた。

そんな光景を横目に見ながら、私とルーちゃんはサレンのいる受付に向かう。

やってくる私たちに気付いたのか、サレンも笑みを浮かべてくれた。

「おはよう、サレン」

「おはよう、ソフィア。新しい屋敷の住み心地はどう？」

屋敷の件についてはメアリーゼから既に話がいっており、サレンにも共有済みだ。

「広いだけでなく可愛いメイドさんも付いてきたから最高だよ。紹介してくれてありがとうね」

「まさか、悪霊の正体がレイスで、そのレイスと一緒に住み始めるとは思わなかったけどね。ソフィアが気に入ってくれたのならよかったわ」

すったもんだがあったとはいえ、良い物件を紹介してもらったことに変わりない。

サレンには心から感謝だ。

「今日は引っ越しの報告だけじゃなく、相談したいことがあるんだ」

「あら、どうしたの？」

「何か私たちにできる仕事はないかなって」

「ええ？　ソフィアとルミナリエが？」

「うん！」

私が元気よく頷くと、サレンが周囲を確かめるように見回して囁《ささや》き声《ごえ》で言う。

「……まだ魔神についての情報は何も集まってないわよ？」

「どうしていきなり二人で魔神を討伐する前提なのかな？」

「だって、伝説の大聖女に聖騎士でも指折りの実力者のルミナリエよ？　二人が揃って戦うとなると、それなりの大物じゃないと……」

「だからって、二人で魔神は無茶だよ」

魔王が相手でもアーク、セルビス、ランダンとの四人がかりだった。

魔力と聖力が上がっているとはいえ、魔王よりも強大らしい魔神を二人で倒せるなどと思うほど自惚《うぬぼ》れてはいない。

思わず突っ込むと、サレンはおかしそうに笑った。

「フフッ、さすがに冗談よ。本当に仕事をやってくれるの？　教会としても二人のような実力者が積極的に仕事を請け負ってくれるのはかなり嬉しいのだけど」

「うん、本気だよ。できれば浄化の依頼がいいかな」

元々、私は浄化が得意だ。主にやっていたのは瘴気持ちの魔物の討伐や、汚染された土地の浄化だ。

現状の汚染された土地を確認したいし、瘴気に異変がないか調べる意味でも直接汚染区域に赴くことができる浄化依頼がいい。

「ソフィアといえば浄化だものね。安心して、浄化してほしいところは山ほどあるから」

「あはは、お手柔らかにね」

束になった浄化の依頼書を取り出して真剣に吟味し始めるサレンに、私は苦笑いしながらそう言うしかなかった。

第十三話　キューとロスカの変化

ガタゴトと揺れながらキュロス馬車が進んでいく。

サレンから依頼を貰った私とルーちゃんは、街道を進んでいた。

真っ青な空に白い雲が悠々と浮かんでいる。時折、吹いてくる風は肌を撫でるようで気持ちがいい。

「穏やかだね。この先に瘴気に汚染された場所があるなんて思えないくらい」

「この辺りはたくさんの聖女や見習い聖女が長い年月をかけて浄化しましたからね」

サレンの見繕ってくれた依頼。

それは王都ドグラスと隣国クロイツ王国を結ぶ街道の浄化だ。

これらを結ぶ最短ルートがまるっきり瘴気に汚染されているために、両国を行き来するには山を越えて大幅な回り道をするハメになっているようだ。

その道でさえも瘴気に汚染されている区域と近いらしく、聖女や聖騎士が同行しないとまともに通ることができないほどに危険なのだとか。

それ故に、国と国を繋《つな》ぐ最短ルートを浄化するのは大きな課題なのだという。

今走っている街道の浄化が進んでいるのは、かつての聖女や見習い聖女のお陰なのだろう。

私がいなくなってからも皆の活躍が感じられる。それがなんだか嬉しい。

「しかし、あそこより先は汚染区域です。今までのような長閑《のどか》な風景は広がっていません」

手綱を取っているルーちゃんが示した前方に視線を向けると、そこには枯れ果てた大地が広がっていた。

それをよく観察する前に私たちは少し離れた安全な場所にキュロス馬車を停める。

もし、瘴気持ちの魔物が大量に現れてしまった時に、馬車に繋がれていたキューとロスカが逃げられないというのは可哀想だ。

念のためにいつでも逃げられるように手綱を解いて自由にしておく。

「危険を感じたら逃げてもいいからね」

「「クエエエエエッ！」」

そんな想《おも》いで声をかけると、キューとロスカは鳴き声を上げながら足を蹴り出してみせた。

素早い連続蹴りで空気がブオンと音が鳴り、私の髪が大きく揺れる。

どうやら瘴気持ちの魔物がやってきたら蹴り飛ばすらしい。

そういえばこの子たちはランダンの救出作戦の時も瘴気の中を突進したような勇ましい性格だ。

そんな二匹に逃げろなんて似合わないかもしれない。

「わかった。その時は追い払ってね」

「「クエエエッ！」」

自分たちも戦うとばかりの勇ましさを見せるキューとロスカの優しさが嬉しくなった私は、ギュッと抱き着いて撫でた。

「よしよし――って、あれ？」

「どうかしましたか？」

キューとロスカの様子を見て首を傾げていると、ルーちゃんが不思議そうに尋ねてくる。

「……キューとロスカの毛が一部だけ翡翠色になってる」

黄色みを帯びた毛並みをしているキューとロスカであるが、二匹の毛を見るとところどころ翡翠色の毛が生えていた。

「キュロスってこんな色の毛が生えてくるっけ？」

「生息地によって毛の色は変わりますが、基本的に茶色、黄色、白といった色合いですね。このような色の毛をしているのは見たことがありません」

キューとロスカの変色した毛を見て、ルーちゃんも思わず唸る。

彼女の言う通り、街中で見かけるキュロスもそのような毛色だ。翡翠色の毛なんて見たことがない。

「どこかで汚れたとかペンキが付いたってわけでもないね」

ゴシゴシと擦ってみるも色が変わることはない。

「……もしかして、病気とか？」

「「クエエ？」」

私が深刻な表情で呟く中、キューとロスカの間の抜けた声が響く。

「私もキュロスに詳しいわけではないので何とも言えないですね。ただ、二匹の様子を見る限り、

健康状態が悪いというわけではなさそうです」

「うん、そうだよね。今朝もたくさんご飯食べてたし」

アークたちが屋敷に入っていく傍らで、二匹が美味しそうにご飯を食べていたのを見かけている。

さっきも元気に走っていたし、体調が悪いような様子はまるで見かけられなかった。

「……依頼を終えたらキュロス医に診せてみますか？」

「うん、王都に戻ったらそうしよう」

今は何ともないし平気みたいだけど、これが病気の前兆とかだったら怖いから。

「瘴気の影響があるかもしれないから念のために付与をしておくね。『聖なる願い』」

逃げるにしろ戦うにしろ汚染区域の近くではしっかりと聖力で身を守っておかなければいけない。

私はキューとロスカに聖力を与えて、全身をコーティングしておく。

その瞬間、まばらだった変色した毛の範囲がさらに広がった。

「ああっ！　私が付与をかけたら変色範囲が広がった！」

「……これはもしかすると、ソフィア様の聖力に影響されているのかもしれませんね」

翡翠色に変わった毛をしげしげと眺めながらルーちゃんが言う。

「ええっ!?　そんなことある？」

「前代未聞ですが、関係性からそうとしか言いようがないです。もう一回やってみます？」

「そ、そうだね」

これは聖魔法の付与だ。これが原因で何かが悪化するようなことはないだろう。

ルーちゃんに言われて試すように聖魔法の付与をかけてみる。

キューとロスカは私の杖から放たれた翡翠色の光を浴び、そしてスポンジが水を吸収するかのように光を取り込んだ。

すると、残っていた毛もすっかりと染まっていき、

「……完全に翡翠色になっちゃった」

キューとロスカの全身の毛が綺麗に翡翠色に染まった。

元の黄色かった毛並みは影も形もない。

一体どうしてこのようなことになってしまったのやら。

「キューとロスカから聖力が感じられるのは気のせいかな？」

「気のせいじゃありませんよ。私も感じとることができますから」

「だよね」

体毛が変わっただけでなく、キューとロスカには確かな聖力が感じられた。

「信じられませんがソフィア様の聖魔法に影響されたのでしょうね」

「そうとしか考えられないよねー」

信じられないことであるが、私の聖魔法を浴び続けてこうなったのだ。そうとしか考えようがなかった。

「――ってことはルーちゃんも私の聖魔法を浴び続けると髪が翡翠色になったり！　というか、今

もなってるかも！」

「ええっ⁉」

キューとロスカでこのような変異が起きたのだ。二番目に私の聖魔法を浴びているルーちゃんも同じようなことになってもおかしくない。

ルーちゃんも心配になったのか少し屈《かが》んで髪の毛を見せてくる。

私はルーちゃんの艶《つや》やかな髪の毛を触りながら変色していないか確かめる。

「………………」

「そ、ソフィア様？　どうなのですか？」

真顔でさわさわと頭を撫でていると、ルーちゃんから不安そうな声が漏れた。

「あ、ごめん。サラサラだったからつい夢中で撫でちゃった。特に髪の色は変わってないよ」

「真顔で凝視するからビックリしたじゃないですか……」

私がそのように言うと、ルーちゃんがホッとして体勢を元に戻した。

白髪でも探すがごとく、念入りに探したがルーちゃんの髪の毛は一本たりとも変色していなかった。

「それにしても何でこんな変化が？」

私たちの視線の先にいるキューとロスカは健康そのもの。

互いに変わった体毛を見つめて不思議そうにしている。

「ソフィア様の規格外な聖力による影響ではないでしょうか？」

またしてもそれか。私の身体に染み込んだ聖力というソースは、他の具材にまで染み込んでしまうというのか。

第十四話　街道の浄化

キューとロスカが突如変色して聖力を帯びるというアクシデントはあったものの、私とルーちゃんは無事、汚染区域に近づいた。

ある場所を境に一切の緑がなくなり、草花の生えない不毛の大地と化している。

僅かにそびえ立っている木々は腐敗し、細い枝の先端、葉の一枚に至るまで毒々しい紫色に染まっていた。

空気が瘴気で満たされ、遠くからは紫がかった霧のようにも見える。

「クルトン村とは比較にならないほどに濃いね」

「はい、ここより先は完全なる汚染区域ですから」

人類の生活することのできない、瘴気に満たされた場所。クルトン村のような人間の生活領域に瘴気持ちの魔物が流れ込んできたのとはまったく違う。

ここより先は私たちのような人間や動物、植物ですら生きることはできない。

瘴気で満たされた完全なる魔の領域だ。

「でも、これくらいなら私でも浄化できそうだよ」

浄化は昔から得意だ。これくらいの濃度であれば、目覚める前の私でも楽に浄化できる。

「相手もそれに勘づいたのか邪魔しようとしていますね」

まだ姿こそ見えないが数多《あまた》の瘴気持ちの魔物がこちらに駆け寄ってくる気配がわかる。

クルトン村と違って瘴気が濃いせいか、すぐにそれがわかった。

「私が詠唱するまでの間、任せてもいい？」

「お任せください。そのために私がいるのですから」

ルーちゃんはしっかりと頷くと、自らの聖剣を抜いて構えた。

私はルーちゃんに聖力だけを付与して、浄化の詠唱に入る。

すると、瘴気の霧を抜けて出てきたのは瘴気持ちとなったゴブリンやオーガであった。

その手には汚染された棍棒《こんぼう》や丸太を持っており、何かに取りつかれたかのような形相で接近してくる。が、ルーちゃんなら問題ない。

「はっ！」

聖力を刀身に纏わせたルーちゃんは、一息でゴブリンを三体斬り捨てると、その勢いを利用してオーガに斬りかかる。

二メートル以上の体躯《たいく》を誇るオーガの一撃は地面を陥没させるほどの威力。通常の人間であれば、考えるまでもなくぺしゃんこになる。

しかし、鈍足で大振りな攻撃が当たるわけもなく、ルーちゃんの鋭い剣の餌食に。

ゴブリンに続いてオーガもバッタバッタと倒れていく。

それでも瘴気持ちの魔物は途切れることなく奥からやってくるが、ルーちゃんが前にいるお陰で私に近付けることはない。

そして、ほどなくして私の聖魔法が完成する。

「『ホーリー』」

セルビスに作ってもらった結晶の杖と聖女服が輝きを放ち、私を中心として翡翠色の光が広がる。

前で棍棒を振りかぶっていたオーガや、跳びかかっていたゴブリンが真っ先に光に呑まれて消え去った。浄化の光はそれで止まることはなく、そのまま奥にまで広がっていく。

しばらくすると、周囲を覆っていた瘴気は完全になくなり、腐敗していた大地には草花が咲き、木々は生気を取り戻したかのように青々と生い茂っていた。

一発でここまで生気が回復するとは、聖魔法の出力の上昇がすごいや。

結晶でできた杖や聖女服も聖魔法の出力を上げる触媒にもなっているようで、以前よりも最小限のエネルギーで力を発揮できている。さすがはセルビスが作っただけはある。

「うん、これで浄化は完了。ここも綺麗になったね」

馬車でやってきた時と同じような光景が広がっていることに私は満足する。

この辺りは元々綺麗な自然豊かな街道だったのだろう。

「さすがです。ソフィア様」

浄化されて元の姿を取り戻した大地を見て、ルーちゃんは呆然《ぼうぜん》としたもののすぐに嬉しそうな表情をした。シンプルに褒められるのも照れくさい。

「この調子でドンドンと浄化していっちゃおうか」

「はい、ソフィア様」

私とルーちゃんはすっかり浄化されて綺麗になった街道を突き進み、次なる汚染区域へと進んだ。

◆

「結構な範囲の街道を浄化できたね！」

それなりの範囲の街道を浄化することのできた私は、綺麗になった大地を見て清々《すがすが》しく息を吐いた。

瘴気で腐敗していた大地はすっかりとなくなり、生命力満ち溢れる街道へと変貌している。

さすがに壊れた石畳なんかは元には戻らないが、瘴気がなくなった今では再び整備することも可能だろう。

「結構なんてものじゃありませんよ。このまま進めばウルガリンまで繋がる勢いです」

「ああ、そういえばこの辺りには防衛都市があったね」

王都とクロイツ王国の中間地点に位置する都市。

魔王や眷属による侵略の際は防衛都市として機能し、王都への敵の侵入を防いでいた。

「私たちが魔王と戦った際に攻め込まれたって聞いたけど……」

「最終的には陥落し、両国を結ぶルートが分断される結果に陥ってしまいました」

「そうだよね。ここが汚染区域になっているっていうことは、そういうことだよね」

私たちのパーティーだけでなく、皆が頑張って魔王や瘴気と戦っていた。

防衛都市で踏ん張ってくれた聖女や聖騎士がいたからこそ、私たちは振り返ることなく魔王と対峙することができた。そのことを忘れてはいけない。

「ウルガリンに配属されていた、ラーシアやカイナはどうなったのかな？」

不意に思い出したのは防衛都市に配属された聖女たち。

私と同い年で稽古の時はいつも一緒だったし、よく遊んだ仲だ。

ウルガリンは陥落したが彼女たちはどうなったのか。

「……聖女ラーシア様とカイナ様は、人々を避難させる時間を稼ぐために最後まで戦い抜かれました」

私の言葉にルーちゃんは答えづらそうにしながらもしっかりと教えてくれた。

それは殉職を意味する言葉だった。

耳にした瞬間、二十年前の光景が思い出されて涙が出そうになる。しかし、ここで泣いてもルーちゃんが困るだけだ。

「……そっかぁ」

二人とも結界と付与が得意な聖女で、とても責任感の強い子たちだった。

力を持つ者は弱い者を守る義務があると、口癖のように後輩の聖女や見習いの子たちに説いていた。

聖女であることにあれほど誇りを持っていて、気高くあろうとした二人。

ラーシアやカイナの言葉に心を動かされた者も多く、皆に慕われていた。

そんな二人が皆を逃がすために最期まで戦い抜いたというのは、すごく自然なことのように思えた。

そうだよね。責任感の強い二人が一番に逃げるわけないよね。

二人の功績を讃《たた》えたい気持ちもあったけど、友人としてはそこを曲げて逃げてほしかった気持ちもある。複雑だ。

「答えにくいことを聞いちゃってごめんね」

「いえ」

教会本部に残っていた同僚の数の少なさを聞いて嫌な予感はしていた。

きっと、私が魔王と戦っている時も、他の戦場で熾烈《しれつ》な戦いがあったのだろう。

その上もう二十年も経過している。

生き残った聖女や見習いたちは汚染区域の浄化に奮戦していたと聞いたし、そこでも多くの死傷者が出たのだろうな。

「二人のお墓は教会の裏に？」

「はい、そこで眠っておられます」

「帰ったらお墓参りに行かないと」

怖くて目を背けていたけど、きちんと現実を見ないといけない。

そうして前を向いて歩くのが、生き残った私にできることだから。

「……ねえ、ルーちゃん」

「なんでしょう?」

「今からウルガリンを取り戻しに行かない?」

私の思いつきのような提案にさすがにルーちゃんが慌てふためく。

「防衛都市をですか? 取り戻せれば大きいですが、あそこは瘴気が濃い上に魔物の数も膨大ですよ? それにあそこには瘴気持ちのオーガキングがいるんです」

「なるほど、道理で鬼系の魔物が多いと思ったよ」

この街道を中心として現れるのはゴブリンやオーガをはじめとする鬼系の魔物ばかり。

それらを統率するオーガキングがいるのであれば納得だった。

そして、長い間この辺りの浄化が進んでいないわけも。

キングと称する上位種は通常種とは隔絶した力を持つ。そこに瘴気という力が組み合わされば厄介この上ないことは明らかだ。

「ここは引き返し、アーク様やセルビス様、ランダン様を連れて攻略しませんか?」

ルーちゃんの提案はもっともだ。普通に考えれば、それが一番確実で安全だろう。

しかし、私はどうしても王都に戻って墓参りに行く前に、取り戻したかった。

「私とルーちゃんがいれば大丈夫だよ。それともルーちゃんは私だけじゃ不安かな?」

「卑怯《ひきょう》ですよ、その言い方は……ソフィア様にそんな風に言われて行けないなんて言えるはずがないじゃないですか」

問いかける言葉にルーちゃんは諦めたように笑った。

「ごめんね、ちょっと意地悪な言い方をしちゃった」

「いいえ、私こそ覚悟が足りていませんでした。ソフィア様が私を信じてくださったように私もソフィア様を信じて戦います」

「ありがとう、ルーちゃん」

覚悟のこもった眼差しと心強い言葉が嬉しい。

理由をつけているが、これは私のわがままだ。

それでも嫌な顔をすることなく、協力してくれるのがありがたかった。

ラーシアとカイナが最後まで戦い抜いた場所。

私とルーちゃんが取り戻してあげるから。

確かな想いを胸に抱きながら私とルーちゃんはさらに奥へと進んだ。

第十五話　防衛都市ウルガリン　ルミナリエ視点

キュロス馬車に乗ってソフィアと街道を突き進むことしばらく。

前方にはウルガリンの防壁らしきものが見えていた。

「あそこが防衛都市ウルガリンだね」

御者席から降りたソフィアがかつての防衛都市を見ながら呟く。

二十年も瘴気に晒されていたせいか防壁のほとんどは崩されている。

見上げるような高さを誇っていた防壁は、半分以下になっていた。

今にも崩落しそうな状態なのに依然として倒れていない。それが防衛都市としての誇りを表しているようで、眺めているだけで妙に悲しさが湧いてくる。

かつての仲間が守っていた都市が、このような姿になっているのを見ると胸が痛むのだろう。都市の残骸と成り果てたものを見るソフィアの瞳はとても悲しげだった。

そんな気持ちを察することができても、上手《うま》く励ますような言葉は出てきたりはしない。

「この辺りは特に瘴気が濃いですね」

結果として私の口から出たのは差しさわりのない言葉。

自分の口下手さがちょっと嫌になる瞬間だった。

目の前で渦巻く瘴気は、ウルガリンという防衛都市を丸々呑み込んでいるよう。

聖女なら問題ないだろうが、聖女見習いでは少し荷が重い瘴気の濃さだ。

「奥に大きな瘴気の気配がする。きっとルーちゃんの言っていたオーガキングだね」

「間違いなくそうかと」

ウルガリンの中には数えきれないほどの瘴気持ちの魔物が蠢《うごめ》いていたが、その個体だけは桁外れに瘴気が強い。

感知能力が低い私でも察知できる。間違いなくこれがオーガキングであり、ウルガリンを包んでいる濃密な瘴気の原因であった。

オーガキングであれば、聖騎士見習いの頃に討伐をしたことがある。

その時は他の聖騎士や数多の見習いがいたが、強靭《きょうじん》な肉体より繰り出される攻撃、タフな体力に随分と苦戦したものだ。

「たくさんの魔物が動いた！　ルーちゃん、来るよ！」

などと思い出していると、ソフィアの鋭い声がかかる。

返事をするよりも前に私は聖剣を抜いた。

聖騎士見習いになってからみっちりと仕込まれた剣技は、今の身体にしっかりと染み付いているようだ。

「思えば本格的な戦いに二人で挑むのは初めてだね。前回はルーちゃんにはフォローに回ってもらったし」

聖剣を構えていると、ソフィアがどこか照れくさそうに言った。

クルトン村での討伐は肩慣らしみたいなもので戦闘と呼べるレベルの相手ではなかった。

前回のランダンの救援では怪我人がいたために、私はそちらのフォローに回ることになってソフィアと肩を並べるようなことはできていない。

こうやって二人で肩を並べての戦闘は今回が初めてだった。

「そうですね。今度こそお守りしてみせます」

それをハッキリと認識すると、私の心が俄然《がぜん》として燃え上がるのを自覚した。

瘴気の奥からオーガやゴブリンが飛び出してきた。

私はそれを待つことなく、むしろこちらから攻め込むように踏み込んだ。

「る、ルーちゃん⁉」

後ろにいるソフィアが驚きの声を上げているが、気にしない。

戦いの前に私の心に火をつけるような言葉を言った彼女が悪い。今の私は憧れの人と肩を並べる嬉しさで、戦意がかつてないほどに上昇していた。

跳びかかってくる二匹のゴブリンを空中で斬り捨てる。

すかさずオーガが踏み込んできて鋭い爪を振り下ろしてくるが、最小の動きで横に回避すると、がら空きの脇腹を聖剣で斬り裂いた。

続けて二体目のオーガが鋭い爪を射貫《いぬ》くように突き出してくる。躱《かわ》し切《き》れないと判断した私は聖剣でそれを受け止めた。

しかし、相手と真正面から力勝負をする気はない。突き出してきた爪の力を利用し、そのまま横回転しながらオーガの胴体を薙《な》ぎ払《はら》った。

血しぶきを上げながら地面に倒れ伏すオーガ。

一呼吸つこうとする私を狙って、何匹ものゴブリンが飛び出してくる。

「『ホーリーアロー』」

しかし、それらはソフィアの生成した聖なる矢によって眉間を綺麗に撃ち抜かれ、浄化された。

一瞬にしてこれほどの矢を生成し、動き回るゴブリンたちの急所を正確に狙い撃つその技量に感嘆の息が漏れそうになった。

「ありがとうございます」

「気にしないで。それよりまだまだくるよ！」

気を引き締めるようなソフィアの声。

前方に視線をやると先ほどのオーガ、ゴブリンだけでなく、明らかに体格のいいオーガが交ざっていた。

真っ赤な肌に鉄の胸当てをつけており、オーガよりも発達しているとわかる筋肉。

「レッドオーガだ！」

オーガよりも上位種に当たるレッドオーガ。

通常のオーガよりも俊敏性が高い上に、攻撃力も高い厄介な魔物だ。

レッドオーガはいきなり攻撃をしかけてくることなく、ゴブリンやオーガを先行させた。

襲い掛かるゴブリンやオーガの攻撃をいなし斬り捨てる。

死角で様子を窺っている個体はソフィアが優先的に、聖魔法で倒してくれる。だから、私は目の前の敵を優先することができる。

すると、後方で様子を見ていたレッドオーガが突然動き出した。

その直線上にはオーガやゴブリンがいる。しかし、レッドオーガはそれを気にすることなく、味方を薙ぎ払って無理矢理こちらに突進してきた。

さすがの暴挙に度肝を抜かれた私は僅かに反応が遅れた。

結果としてレッドオーガの鋭い爪を真正面から受け止めることになる。

「くっ！」

聖剣を通じて響き渡る衝撃。咄嗟に体重を移動させて地面に衝撃を逃がすも、すべての内臓が掻《か》き回《まわ》されるような威力だった。

私の足が止まり、他のオーガやゴブリンが襲い掛かってくる。

と、思いきや、敵は大回りをして一直線にソフィアの方向に向かった。

「しまった！」

最初から私の足を止めてソフィアを狙うことが目的だった。

慌てて下がろうとするも目の前にいるレッドオーガがそれをさせないように左腕を振るってくる。

私は後退して避けることなく、むしろ前進して懐に入り込んで左肩を切断した。

「グオオオオオオッ⁉」

レッドオーガが苦悶《くもん》の声を上げるのも聞かず、急いでオーガたちを追いかける。

すると、突如としてオーガやゴブリンが吹き飛んだ。

「「クエエエエエッ！」」

「キューとロスカ⁉」

安全地帯で待機していたはずのキューとロスカがまさかの参戦。

二匹は迫りくる敵を蹴り飛ばしている。

元々脚力が凄《すさ》まじいだけあってとんでもない威力だ。ゴブリンだけでなく、巨体を誇るオーガまでも吹き飛んで防壁に叩きつけられていた。

オーガの腹には聖力を帯びたロスカの足跡がくっきりとついている。

「すっごいー！　キューもロスカも瘴気持ちの魔物相手に戦えてる！」

戦場とは思えないほどのソフィアの呑気な声が上がった。

どうやらソフィアの聖力を身に宿した結果、本格的に瘴気持ちの魔物を相手取ることができるようになったみたいだ。サレンやメアリーゼが聞いたら卒倒しそうな光景だ。

ひょっとしたら教会の聖騎士見習いよりも強いかもしれない。

「「クエッ！　クエエエエッ！」」

私を見ながら強く鳴き声を上げるキューとロスカ。

その声音はレッドオーガを相手にもたついている私を非難しているように聞こえた。

その姿は、私がだらしないから自分たちが出てきたんだと言っているようで。

ソフィアを守ると言ったのにこのていたらく。自分の情けなさに怒りすら湧いてくる。

しかし、戦いの中で冷静さを失うのは良くない。私は一回深呼吸して感情を静めた。

「もう油断はしません」

冷静になった私は油断なく剣を構えて、迫りくるレッドオーガを相手にした。

第十六話　ウルガリン奪還　ルミナリエ視点

瘴気持ちの魔物たちを私たちは倒し、前進しながらウルガリンの内部へと入っていく。

奥へと進んでいくごとにドンドンと敵は数を増したが、キューとロスカが参戦したことで戦闘は随分と楽になっていた。

ソフィアの聖魔法によって死角に潜んでいる魔物や遠距離攻撃を仕掛けてくる者がまず地面に沈む。

そして、ソフィアの付与を受けた私とキューとロスカは安定して前衛で魔物を相手取ることができる。

「『ホーリー』」

そして、私たちが敵を食い止めることができれば、ソフィアの聖魔法によって一気に殲滅《せんめつ》できた。

私も任務上で数多の聖女と組んできたが、やはりソフィアは段違いの実力者だ。

絶やすことのない支援と速やかな聖魔法の詠唱。

彼女さえいれば、私たちは無限に戦える。そう思えるような安定感と頼もしさがあった。

「よし、魔物も片付いたし、この辺りもさっさと浄化して——」

ソフィアが浄化をしようとしたところ、奥に潜んでいた強大な気配が突如として動いた。

凄まじい勢いで跳躍してきたそれは、崩れかけの民家に着地して押し潰した。

砂煙が晴れる中、姿を現したのは三メートルほどの巨体を誇る真っ黒な鬼だった。

レッドオーガよりも横幅は大きくない。だけど、無駄な部分を削《そ》ぎ落としたかのような洗練された肉体というのが一目でわかる。ねじくれた長い角に血のような赤い瞳。

「オーガキングだ！」

背筋を冷たい汗が流れていく。

以前にもオーガキングと対峙したことがあったが、その時とは比較にならないほどの威圧感だ。

通常種と瘴気持ちでこれほどまでに存在感が違うものなのか。

見習いの頃よりも私は断然強くなったと言える。しかし、私一人でこれを抑えることができるだろうか。

さすがにキューとロスカもこれを相手にするのはきつい。

「大丈夫だよ、ルーちゃん。私たちならやれるよ」

恐怖と不安で押しつぶされそうになる中、ソフィアからかけられる優しい声。

この人はこれほどの敵を前にしながらもまったく怯《おび》えていなかった。その上、こうして私の心配までしてくれている。

本当にソフィアには敵わない。何が肩を並べて戦うだろうか。

自分で言っておきながら恥ずかしくなる。私はまだ彼女に支えられてばかり。

これではソフィアの聖騎士として相応しくない。

「はい、私たちで倒しましょう」

私も彼女の隣に立つのに相応しいという証明を見せなければいけない。

気が付けば、私の中の恐怖や不安は一気になくなっていた。

「グオオオオオオオオオオッ！」

「瘴気！」

聖剣を構え直して動き出すよりも早く、オーガキングが動き出した。

淡く輝く紫色の光。オーガキングを中心として、濃密な瘴気が波紋のように広がった。

民家や瓦礫《がれき》や地面が、周囲にある全ての物が紫色に染まって腐敗していく。

そして、回避する間もなく迫りくる瘴気。

「任せて！『ホーリー』」

しかし、それをソフィアの組み上げた聖魔法が洗い流した。それだけじゃなく、ソフィアの聖魔法はオーガキングそのものを浄化しようと迫る。

「グオオオオオッ⁉」

これにはオーガキングも瘴気の展開を中止して、即座に後退した。

自らの瘴気を遥かに上回る聖力に相手は動揺しているようだ。

すごい、オーガキングの濃密な瘴気をまるでものともしていない。圧倒的な聖力だ。

これが勇者パーティーに所属し、魔王の瘴気すら浄化した大聖女の実力。

改めてソフィアに畏敬の念を抱き、そしてそんな彼女と共に戦えることが嬉しい。

オーガキングがソフィアに警戒の眼差しを向けている。

先ほどの聖魔法の威力を目にすれば、当然のことだろう。

「ソフィア様、付与をいただけますか？」

「いけるの？」

「二重がけまでなら」

練習に付き合ってもらって何とか二重がけくらいまでなら安定してこなせるようになった。

逆にそれ以上の重ねがけになると、ソフィアの付与が強すぎて身体を使いこなすことができない。

二重がけまでが今の私が動ける限界の数。

「わかった。それならいくよ！　『剛力の願い』『瞬足の願い』」

ソフィアが結晶の杖を掲げると、翡翠色の光が私を取り巻いた。

ソフィアの付与によって全身の筋力が引き上げられ、瞬発力が引き上げられ精神が澄んでいくような感覚になる。

聖魔法による多重がけの付与。

卓越した聖女でさえ、長い詠唱の果てに三重がけがやっとのこと。

この人はそれを一瞬で飛ばしてくるから恐ろしい。

「いきます！」

ソフィアから付与を貰った私は、一気にオーガキングとの距離を詰める。

私の急加速による肉薄に相手は驚きながら、驚異的な反射神経で爪を振るってくる。

聖剣と爪が交差する。が、私はそれに押し負けることなく真正面から圧力を受け止めることができていた。

「グオオオオオオオッ！」

オーガキングは咆哮《ほうこう》を上げながら爪を乱舞。両腕を激しく振るって、こちらの身体を貫かんとする。

私はそれを冷静に見極めながら聖剣で受け止め、弾き、いなし続ける。

ハイオーガの攻撃でさえ受け止めることができなかったというのに、今こうして冷静に捌《さば》けているのは付与のお陰だった。

ランダンであれば、付与を貰うまでもなく対処することができただろう。

魔王の眷属との戦いを目にすれば、そのことが容易にわかった。

だからこそ、悔しい。

相手の鋭い突きを聖剣で受け止めると、オーガキングが大きく口を開けた。

何かがくると理解するよりも身体が反応して後退した。

遅れること一瞬、オーガキングの口から霧状の瘴気が吐き出される。

「『ホーリースラッシュ』ッ！」

私は聖剣に込めていた聖力を真っすぐに放った。

瘴気が聖力によって切り裂かれて霧が一気に晴れる。

しかし、敵の姿はどこにもない。あのような巨体が一瞬にして姿を消せるはずがない。

左右にいないとなれば……

「上！」

ソフィアの警告よりも早くに身体が動き、頭上へと剣を振るう。

瘴気を帯びた強大な爪と、聖力を帯びた剣が虚空で衝突。

そして、私の聖剣が敵の爪をたやすく切断。

ソフィアから付与を与えられ、身体能力と聖剣の威力が向上しているお陰だろう。

オーガキングは驚愕に目を見開き、慌てて距離をとろうと後退する。

その行動を読んでいた私は、すかさず距離を詰める。

体内にある魔力と聖力を練り上げ、それらを刀身に集約させた。

真っ白な刀身が淡い翡翠色に輝く。ソフィアから聖力を上昇させてもらっているからか、これまでにないほどに強い力が秘められているのがわかる。

私がソフィアと肩を並べるには、あのアークやランダンと同等のレベルにならなければならない。

私がソフィアの隣に立つためにも、お前にはその礎になってもらう。

限界まで力を引き出すと、私は後退するオーガキング目がけて渾身《こんしん》の一撃を放った。

「『グランドクロス』ッ！」

聖力と魔力を限界まで練り上げて放出させた二閃《せん》の攻撃。

十字を描くように剣閃はオーガキングの硬い体表をやすやすと切り裂いた。

しかし、強靱な表皮とタフな体力を持つオーガキングを仕留めるには後一歩足りない。

「『エクスホーリー』ッ！」

が、そこに一筋の光が落ちた。

「グオオオオオ――――ッ⁉」

重傷を負って地面をのたうち回るオーガキングに降り注ぐ、浄化の光。

私がオーガキングを一人で食い止められると信じていて、詠唱してくれていたのだろう。

圧倒的な聖力は、濃密な瘴気を宿したオーガキングの身体を瞬く間に霧散させた。

そして有り余る聖力は周囲を漂う瘴気までも浄化し、大地を蘇らせる。

民家の腐敗が止まり、腐敗していた大地が土や緑を取り戻していく。

白化していた木々はみるみる元の色を取り戻して枝葉を青く茂らせた。

「やったね！　ルーちゃん！」

息を吹き返すウルガリンを呆然と見ていると、ソフィアが勢いよく抱き着いてくる。

私はそれに慌てながらも彼女が鎧《よろい》にぶつからないように優しく抱きとめた。

「ルーちゃんの最後の技、すっごくカッコよかったよ！」

ソフィアがこちらを見上げながらにっこりと笑う。

まったく、先ほどまでの凜々《りり》しくて頼もしい姿はどこに行ってしまったのやら。

「ありがとうございます。ソフィア様の聖魔法も素晴らしかったですよ」

「そう？　えへへ」

奪還が困難だと言われていたウルガリンを本当に奪還してしまった。

初めは街道の浄化という任務であったが、気が付けばかなり大きなことをしでかしてしまった気がする。

ドンドルマ王国とクロイツ王国を繋ぐ防衛都市の奪還など一大事。通常であれば、王国と教会の大戦力を挙げて取り組むべきこと。

それなのに私とソフィアの二人でやってしまった。

戻って報告をすれば、サレンやメアリーゼは卒倒するに違いない。

冷静になると色々な不安が覆いかぶさってきたが、今は不思議と気分が良くて気にならなかった。

今はただ、憧れの人の笑顔と共に並んで戦えたことを喜ぼう。

第十七話　街を覆う結界

防衛都市ウルガリンを奪還した。

首魁《しゅかい》であるオーガキングを退治して冷静になると、随分と激しい戦いだったと自分でも思う。

ルーちゃんから敵が多いと聞いていたけど、想像の三倍くらい多くてちょっぴり引き返そうかなーなどとへたれそうになったのは秘密だ。

ルーちゃんを信じて涼しい顔で聖魔法の詠唱をしていたけど、何度か傍に攻撃が飛来してきたときは内心ではビビりまくりだったよ。

「ルーちゃん、身体の方は大丈夫？」

戦いが終わるとルーちゃんの鎧が酷く傷ついていることに気が付いた。

「鎧に傷こそついていますが、怪我の方はほとんどありませんよ。数ヵ所の擦り傷や打ち身がある程度です」

「擦り傷と打ち身は怪我だよ！」

なんてことがない風に言うルーちゃんの言葉に私は詰め寄りながら突っ込んだ。

絶対に怪我に入る。擦り傷も打ち身もとっても痛い。私なら早く治してと泣きべそをかいてしまう。

「そんな大袈裟な。こんなものは怪我のうちには入りませんよ」

「入るから！　すぐに治癒するよ！」

ルーちゃんの綺麗な肌が傷ついているというのに放置なんてできない。ルーちゃんは我慢できても私が我慢ならなかった。

「こんなことのためにソフィア様の貴重な魔力を使うわけには……」

「小さな治癒で枯渇するほど私の魔力は少なくない！　はい、そういうわけで早く鎧を脱いで！」

私が憤慨して言うと、ルーちゃんは諦めたように息を吐いて素直に鎧を脱いだ。

別に触れなくても治癒はできるが、直接怪我を確認して素肌にかけるのがもっとも効率がいい。

目にみえる擦り傷はヒールですぐに治癒し、目に見えにくい打ち身などは申告してもらって治していく。

こうやって看《み》ていくと色々なところに怪我をしているのがわかった。

「ごめんね。私のわがままに付き合ってもらっちゃって。ルーちゃんの負担が大きかったよね？」

「なにをおっしゃいますか。ソフィア様をお守りするのが聖騎士である私の役目です。負担だなんて思ったりはしません」

怪我を見て申し訳なくなった私だが、ルーちゃんは晴れ晴れとした表情でそんなことを言った。

私の聖騎士がマジで最高過ぎる。

「ルーちゃん、ありがとう！」

「痛っ！　ソフィア様、そこ打ち身のところです！」

「わわっ！　ごめん！」

感極まって抱き着くと、怪我をしているところだったようだ。

私は慌てて抱き着くのをやめて、打ち身を治してあげた。

「もう痛いところはない？」

「はい、ありません」

「本当に？　やせ我慢とかしてない？」

「本当にしていませんから」

念のために重ねて聞いてみたが、本当に痛いところはないようだ。

ルーちゃんは無理をしてしまうところがあるから、こうやって私がしつこく聞くくらいがちょうどいい。

歩いている姿におかしなところはないし、本当に痛いところはないのだろう。

「キューとロスカもありがとうね」

「「クエエエエッ！」」

ルーちゃんの治癒が終わったところで、私は離れたところにいるキューとロスカに近づく。

まさかキュロスが瘴気持ちの魔物と渡り合うとは思わなくて色々と驚いたけど、結果的にとても助かったのは確かだ。帰ったら存分に労《ねぎら》ってあげないと。

「ソフィア様、残党の退治を進めながら浄化をいたしましょう」

「そうだね。キューとロスカに乗って移動しようか」

首魁であるオーガキングを退治して瘴気はかなり薄くなったが、それでも私が浄化した範囲外はまだ瘴気に満ちている。

隣国のクロイツの方まで浄化するのはさすがに手間だが、せめてウルガリンだけは浄化しておきたい。

私とルーちゃんはキューとロスカの背中にまたがって移動した。

◆

ロスカの背中に乗った私はウルガリンの中をてくてくと歩く。

隣にはキューの背中に乗ったルーちゃんも歩いていた。

「……やっぱり、もう都市の原形はないね」

「陥落し、長年瘴気に侵されていましたから」

瘴気の無くなった防衛都市の中を歩くが、道らしい道というのはほとんど存在しない。

元は石畳で整備された綺麗な街並みであったが、瘴気持ちの魔物の侵攻や、長年瘴気に侵されて腐食したためほぼ原形はとどめていなかった。

かろうじて残っている民家の残骸や石畳の破片らしきものから、記憶にあるウルガリンの風景と照合してこの辺りが大通りであっただろうと推測できる程度だ。

かつての堅牢《けんろう》さを誇った防衛都市の光景は欠片《かけら》もなく、ただ街らしきものがあったとわかる程度の姿しかなかった。

防壁や建物の残骸が微かに残っているだけで、荒廃した大地といってしまった方が正しく見えるだろう。

「しかし、この土地もソフィア様の聖魔法によって息を吹き返しました。大地に土があり、草花が芽吹いていています。以前のような繁栄を取り戻すには時間がかかるでしょうが、きっとすぐに人が生活できるようになります」

「そうだね。魔神の情報収集については大して得られるものがなかったし、力になれないけど、これならそれなりの貢献にもなったよね」

「それなりなんかではありませんよ。これは人類にとって大きな一歩です」

「そ、そんなに？」

大袈裟な評価をしてくれるルーちゃんに思わず尋ねるが、彼女は笑うだけで明確な返事をくれない。

答えてくれないのが一番怖いんだけど。

街道の浄化しか頼まれてなかったけど、防衛都市を奪還するのはマズかっただろうか。

ともあれ、やってしまったものは仕方がない。ビビッて中途半端なところで投げ出すのが一番ダメなのでやりきるしかないだろう。

ロスカの背に乗って歩き回り、瘴気を見つけては浄化して回る。

オーガキングを退治したことによってほとんどの魔物は逃げ去ってしまったが、中には残党らしいハイオーガやゴブリンが襲ってくる。

しかし、私たちには敵うことなく、ルーちゃんにバッサリと斬り捨てられ、私が一気に浄化した。

そういった作業を繰り返して進んでいると、再び防壁らしきものが見えてきた。

「恐らくここでウルガリンは終わりかと」

「ということはウルガリンは全て綺麗に浄化できたってわけだね」

ウルガリンからクロイツに繋がる街道はまだ瘴気に包まれているが、王都からウルガリンまでは綺麗に浄化することができた。

これで正真正銘、ウルガリンを奪還できたと言っていいだろう。

「それじゃあ、瘴気持ちの魔物が入ってこれないように結界を張っておくね」

このまま帰ってしまっては、再び瘴気持ちの魔物に侵入されて、瘴気に侵されてしまう。

そうならないように聖なる力の宿った結界で、それを防がなければならない。

私は杖を掲げて、少し多めの魔力と聖力を込める。

「『サンクチュアリ』」

そして、ウルガリン全てを覆う聖なる結界をドーム状に展開した。

それは薄《う》っすらと翡翠色の光に包まれており、ウルガリンが清浄な空気で満たされる。

魔力と聖力が各段に増えているお陰で、防衛都市一つをすっぽりと覆うことができた。

「よし、これで瘴気持ちの魔物も近づいてこないね！」

「まさか街一つを覆ってしまうほどの結界を作成してしまうとは……結界まで最上級レベルとはさすがはソフィア様です」

「私の場合は魔力と聖力のごり押しだから……」

こんな結界をサレンが見たら無駄が多いと呆れるに違いない。

本当に浄化以外は得意ではないので、そんな風に褒められると恥ずかしい。

「さて、王都に戻りましょうか」

「うん！」

ウルガリンを結界で包み終えた私たちは、置いてきた馬車のところへと戻る。

そして、御者席に乗って王都へと引き返す。

すると、その道のりの最中で進路を塞ぐように何かが飛び出してきた。

瘴気持ちの魔物の残党？　そう思って速やかに降りた私とルーちゃんであるが、進路を塞いだのはただのスライムだった。

「ただのスライムですか？」

「そうみたい。瘴気は宿してないね」

残党でも瘴気持ちの魔物でもないただのスライム。

淡い水色の体表にぷにぷにとしたゼリーみたいな体。触るととても気持ちよく、とっても無害な魔物だ。

なんでも溶かして食べてしまうことから、王都でもゴミ掃除や下水処理の役割を担ってくれている。私たちの生活に欠かせない魔物だ。

「街道が浄化されたことで餌を求めてやってきたのかもしれませんね」

周囲を見渡すと、街道が浄化されたことでおそるおそる草食動物や鳥などがやってきている様子だった。

このスライムもそんな子たちの一種なのだろう。

「ここは綺麗になったからのびのびと生活してもいいよ」

スライムをぷにぷにと突いて満足した私は、進路の邪魔にならないように端に寄せてから御者席に乗った。

「クエエエ？」

ルーちゃんが手綱を鳴らして走らせようとするも、キューとロスカから戸惑った声が上がる。

「どうしたの？」

「さっきのスライムがまたしても進路を塞いでいるようです」

ルーちゃんに言われて前方を見てみれば、先ほど退《ど》かしたスライムがのっそのそと近寄ってきていた。

思わず降りて再び端に退かしてみる。

すると、スライムはまたしてもこちらに近づいてくる。

まるで母親に一心に付いてくる雛鳥《ひなどり》のような懸命さに私は胸を打たれた。

「可愛い！　この子を連れて帰ろう！」

こちらに這《は》いずってくるスライムを抱えあげて私は御者席に戻る。

「スライムをですか？　連れ帰ってどうするのです？」

「ペットにして愛《め》でる」

困惑した様子のルーちゃんの膝にスライムを乗せてあげる。

スライムは私たちの傍こそが自分の居場所だと主張するかのように居座った。

ルーちゃんはおずおずと手を伸ばしてスライムを撫でた。

「……まあ、スライムは無害ですし、あり触れたペットですので飼うことに問題はないですね」

「だね！」

どうやらルーちゃんも気に入ってくれたらしい。

こうして私たちは新しく仲間になったスライムを愛でながら王都に戻った。

第十八話　奪還報告

ウルガリンから王都にある教会本部に戻った私とルーちゃんは、早速とばかりに今日の報告をサレンにした。

「……今、なんて言った？」

「街道の浄化ついでに防衛都市ウルガリンも浄化してきたよ」

聞き返されたので簡潔に告げると、にこりとした微笑みを浮かべていたサレンが固まった。

隣で事務仕事をしていた受付嬢さんもギョッとした顔でこちらを見ている。

「ルミナリエ、本当なの？」

「…………はい」

その言葉にルーちゃんがしっかりと頷く。

「え？　おかしいわよね？　私が頼んだのは街道の浄化よね？　どうしてそこまで行っちゃったのかしら？」

「街道を浄化していったらいつの間にかウルガリンの傍まで行って、だったらウルガリンも浄化しようかなと……」

思わず尻すぼみになってしまう私の弁明。

サレンの表情がさっきから一切変わらないのが妙に怖い。よく見ると目が笑っていないし。

「ちょっと来なさい」

「ええ？」

サレンはイスから立ち上がると、私の手を引いて奥へと歩き出す。

ぐいぐいと引っ張られていくことに戸惑いながら、私はなんとか後ろを付いていく。

なんだかおかしい。街道だけじゃなくてウルガリンまで浄化して奪還してくれるなんて嬉しい……的な誉《ほ》め言葉を期待していたのに、そのような反応がまったく返ってこない。

というより、どことなくシリアスな空気を感じた。

これってどういうこと？　助けを求めるような視線を後ろに向けると、ルーちゃんは何故か諦めたような表情でスライムを胸に抱いていた。

「どこに行くの、サレン？」

「メアリーゼ様のところに決まってるじゃない！　こんな大事、ただの受付業務員でしかない私には手に余るわ！」

「ええっ⁉　これってそんなに大事⁉」

まさかそんな大事扱いされるとは思っておらず、私はサレンの言葉を聞いて仰天した。

そんな私の反応を見てサレンは何かを堪えるかのような顔をしていたが、それを一気に解き放った。

「大事に決まってるじゃない！　ウルガリンの奪還だなんて本来なら国が総力を挙げて挑むものよ！　それをあなたたちは二人でやってしまうなんて……ああ、これからが大変よ」

「ええっ⁉　二十年前だったらこのぐらい普通だよ⁉」

あの時は魔王と陣取り合戦のような状況だった。

魔王をはじめとする眷属や瘴気を宿した魔物が、ひたすらに瘴気を振りまいて、私をはじめとする聖女が浄化して回っていた。

そして、違う場所がまた瘴気で汚染されて、そこに移動して浄化してを繰り返す日々。

思い出したらなんだか腹が立ってきた。

私のそんな個人的な思いはさておき、二十年前であれば都市を一つ奪還してきたことなど、ありふれた出来事でしかない。勿論《もちろん》、それは吉報には違いないが、国を挙げてまで大喜びするものでもなかった。

「魔王や眷属と最前線で戦っていた聖女の常識で行動しないでよ！」

確かにそれもそうだ。あの時は戦時だったのだ。今のような平時とはまるで感覚が違うのだろう。そのことをすっかり失念していた。

「というか、ウルガリンには瘴気持ちのオーガキングがいたはずなんだけど……」

「それも倒して浄化したよ」

「た、倒した……」

きっぱりと告げると、サレンは口をぱくぱくとさせた。

上手く言葉が出ないらしい。

それから彼女は気持ちを落ち着けるように深呼吸をして足を止めた。

「……ねえ、ソフィア、一つ聞いてもいい？」

「な、なに？」

「本当にただ勢いでウルガリンまで浄化してきたの？」

真剣な眼差しでこちらを見つめるサレン。

澄んだその瞳は私の胸の奥にある想いを見透かしているようであった。

「ううん、あそこがラーシアとカイナが守っていた場所だって知っていたから。彼女たちのお墓参りをする前に、どうしても取り戻したくて……」

「やっぱり、そうなのね。ありがとう、ソフィア。あの場所がずっと奪われたままなのは二人の友人である私としても悔しかったから」

同世代の一人であるサレンも思うところはあったようだ。

「さて、そういうわけでメアリーゼ様に報告よ」

神妙な顔つきをしていたサレンが晴れ晴れとした表情で歩き出す。

「それって私抜きでなんとかならない？」

「なるわけないでしょ。ほら、行くわよ」

◆

教会の奥にある螺旋《らせん》階段を上り、廊下を突き進むとメアリーゼの執務室へとたどり着いた。

「メアリーゼ様、サレンです」

サレンが扉をノックすると、中から入室を促すメアリーゼの声が聞こえた。

「な、なんでエクレールがいる——じゃない、いらっしゃるのですか？」

入室するとメアリーゼだけでなく、まさかのエクレールまでいた。

二十年前の私の指導員であり、大変お世話になった女性だ。

アブレシアの教会にいるはずの彼女が、どうして王都の教会本部に!?

動揺のあまり素の言葉が飛び出したが、最後はなんとか取り繕うことができた。

「魔神の件がありましたので、こちらに出向いて情報を共有し合い、今後の対策などを練っていたのです」

「そ、そうでしたか。ご苦労様です」

エクレールがくるなら事前に言っておいてほしい。

屋敷にレイスが出てくるよりもホラーだ。

「それで今日はどうしたのです？」

「ソフィアとルミナリエがとんでもないことをしました」

「とんでもないこととは一体……？」

サレンの言葉に戸惑いを隠せないメアリーゼ。

隣に立っているエクレールの眼鏡に陽光が反射し、目が光っているように見えて怖い。

メアリーゼの問いかけにサレンは私から聞いたことを纏めて話す。

「まさか、ウルガリンを奪還してしまうとは……」

「ソフィア様、ウルガリンを奪還した後はどうされたのです？」

メアリーゼが目を丸くして驚く中、エクレールは冷静に詳細を尋ねてくる。

教会の授業で名指しで当てられたような感覚。反射的に背筋が伸びた。

「瘴気持ちの魔物が入ってこられないように結界で都市を覆っておきました。一ヵ月くらいは瘴気に侵食されることはないと思います」

「言いたいことはたくさんありますが、まずは奪還したウルガリンを安定させるのが先決ですね」

「ただちに聖騎士、聖女、聖女見習いを派遣し、ウルガリンの周辺状況の確認や維持をしてもらいます。サレン、このリストにある人員をここに呼んできてください。詳細な説明は私がいたします」

「かしこまりました」

メアリーゼが書類を渡すと、受け取ったサレンが大急ぎで執務室を出ていく。

「魔神への備えとして各地から人員を招集したタイミングでよかったです」

「ごめんなさい、二十年前と同じ感覚で奪還しちゃった」

魔神について調べている最中なのに、大事を持ち込んで申し訳ない気持ちだ。

「何を言っているのです、ソフィア。あなたがやってくれたことは紛れもない善行であり、人類にとって大きな進歩です」

「ウルガリンを防衛都市として復活させた今では、クロイツ王国との安全な国交回復も見えてきました。これもあなたたちのお陰です」

「『ありがとうございます』」

メアリーゼだけでなく、エクレールも褒めてくれた。

てっきりお説教をされるかと思っていたけど役に立ったようでよかった。

「それならウルガリンからクロイツまでも私とルーちゃんが浄化してこようか？」

「『ソフィア様、自重してください』」

「大聖女だと世間に公表したいのですか？」

「あう、ごめんなさい」

なんて調子に乗った発言をしたら、エクレールだけでなくルーちゃんとメアリーゼにも怒られたので素直に謝った。

「まったく、あなたという人はちっとも変わりませんね」

「えへへ」

「へらへらしない」

エクレールがため息をつきながら、昔のように小言を漏らす。

それが懐かしくてつい口元が緩んでしまう。

エクレールに怒られるのは怖いけど、懐かしくてつい嬉しくなってしまう。不思議な気持ちだ。

「ところで奪還した人物についてはどうしましょう？」

ほっこりとした空気が流れる中、エクレールが口を開く。

はっ、そういえばそうだ。これが大聖女ソフィアであれば無問題であるが、私はその公表を良しとしていない。

かといって、功労者の名前が出てこないというのも変だ。

「頭の痛い問題ですね」

「流浪の聖女と聖騎士が奪還したっていうのはどう？　教会本部が抱える秘密の戦力……みたいな？」

悩ましそうに呟いているメアリーゼに私は素晴らしい提案をした。

教会本部の隠された戦力って、響きがちょっとカッコいい。封印していた前世の中二心がちょっと疼《うず》く。

「ばかばかしい話ですが、間違いではないので否定しづらいですね」

「……それは妙案が浮かばなかった際の最終手段にしましょう」

残念ながら私の提案は即採用とはならなかったようだ。

だけど、私としては流浪の聖女と聖騎士という設定を期待したい。

第十九話　キュロス医

メアリーゼの執務室から退出した私とルーちゃんは教会本部の廊下を歩いていた。

が、私たちの傍にはもう一人の女性がいる。それはエクレールだ。

メアリーゼとの話し合いは一応終わったらしく、あるいは私のせいで中断することになったのかはしらないが、私たちと一緒に退出して歩いている。

「「「…………」」」

コツコツと私たちの足音だけが廊下に響き渡る。

教会本部の中がやけに静かに思えた。気まずい。

別にエクレールのことは嫌いではない。厳しいところはあるけど、彼女は基本的に優しく真面目だ。人格や振る舞いも大人らしく、私が尊敬する女性の五指に入る人物だ。

だけど、昔から指導員として怒られることや注意されることが多かったので、急にプライベートで話すとなると何を話せばいいかわからなかった。

ちなみにルーちゃんは私とエクレールの一歩後ろを歩き、抱いているスライムを撫でている。

主である聖女に付き従う模範的な静かな聖騎士ですよと言わんばかりの態度がちょっとズルい。

聖女と聖騎士は対等なパートナーなので、ちゃんと隣に並ぶべきだと思う。

基本的に教会で育った者は、エクレールをもっとも頼りにすると同時にもっとも恐れている。それは小さな頃から彼女の優しさと怖さを叩き込まれているからだ。

とはいえ、このままずっと無言というのには耐えられない。

私は意を決してエクレールに話しかける。

「エクレール様は、いつまで王都に？」

「滞在は五日程度の予定でしたが、ウルガリンの騒動があるので少し延びることになりそうです」

軽い世間話を振ったつもりが、いきなり地雷を踏み抜いてしまった。

ちょっと考えればそうなることはわかるじゃないか。どうして私はそのような聞き方をしてしまったのやら。

だからといって天気の話を振るなんて、コミュ力の低さを晒しているようなものだ。そんな意味のない会話をエクレール相手にするなんて私にはできない。

考えろ、私。もっと益のある会話をするんだ。

その時、私に閃《ひらめ》いたのは、キューとロスカの異変についてだ。

「エクレール様はキュロス医の知り合いはいますか？」

そもそもキュロスが人間と共生し始めたのは私が眠っている間の話で、キュロスについての知識を私が持っているはずもない。

ルーちゃんも生物の知識については疎く、専門家との繋がりもないので顔の広そうなエクレールに腕の立つキュロス医を紹介してもらおうという魂胆だ。

「キュロスがなにか病気にでも？」

私がそのように尋ねると、エクレールの瞳が鋭くなる。

怒っているようにも見えるが、この様子は多分興味がある時の感じ……だと思う。

「いえ、そういうわけではないのですが、気になることがありまして……」

「私で良ければ相談に乗りますよ。これでもキュロス医の資格を持っておりますから」

懐からカードを取り出して見せてくるエクレール。

よく見てみると、そこにはキュロス医の第一級資格を証明する文字や紋章がついている。

「えっ⁉　エクレール様が⁉」

「キュロスは私たちを支えてくれる大切なパートナーですから。生活を支えてもらっている分、キュロスたちの力になれればと思い、勉強しました」

自慢するでもなく淡々とした表情で告げるエクレール。

キュロス医を紹介してもらおうとしたら、まさかのエクレール本人がキュロス医になっていた。

しかも、第一級。本人とのギャップも相まって信じられない思いだ。

私が眠っている間にエクレールは、また一つキャリアを積み上げていたようだ。

きっとエクレールは教会を辞めることになっても、色々なところで活躍することができるだろうな。

「さすがはエクレール様ですね」

「お世辞はいいですから、あなたが気になっているキュロスについて教えてください」

心からの賞賛の言葉だったが、エクレールはまったくそんなものは気にしていない。

それよりもキュロスの異変についての方が気になるようだった。

私はキューとロスカに起きた体毛の変化、聖力を宿してしまったことをエクレールに話す。

すると、エクレールは目を丸くしたり、眉間にシワを寄せたりと表情を変えた。

「……信じられないことですが、そのような嘘をつく理由もありませんね。一度、あなたのキュロスを見せていただけますか？」

「わかりました。案内します」

百聞は一見にしかず。

私たちはそのまま教会を出て、キュロス舎に向かうことにした。

◆

「……本当に体色が変わっていますね」

教会本部を出て、横手にあるキュロス舎にやってくるとエクレールが呆然と呟いた。

彼女がこれほど驚いている姿を見るのは、私が二十年ぶりに目覚めた時以来かもしれない。

「やはり、このようなことは前例がありませんよね？」

「キュロスというのは夏を迎える前と、冬を迎える前に毛が生え変わります。それらは黄色や薄茶色といった毛色であり、生息地によって多少は変化しますが、このような色合いの体毛に変わる個体は見たことがありません」

尋ねてみると、やや早口でキュロスの生態について語り出すエクレール。

キュロス医の資格を持っているだけあって、かなりキュロスに詳しいようだ。

そして、そんな詳しいエクレールですら、このような体毛をしたキュロスは見たことがないみたいだ。

「少し触れてみても？」

「いいですよ。キュー、ロスカ、ちょっとお医者さんが検診するから大人しくしていてね」

キューとロスカに声をかけ、キュロス舎の中に三人で入っていく。

「失礼します」

エクレールがそう一声をかけて、キューとロスカへと近づく。

二匹の全身をくまなく確認するように視線を巡らせ、時に位置取りを変えながら眺める。

それからゆっくりと手を伸ばし、身体を触って状態を確かめ始めた。

「キューもロスカもいつもより大人しいですね」

普段から二匹ともお利口さんなのだが、私やルーちゃんが触って確認などしている時は羽を広げたり、少し歩いてみせたりと落ち着きがない時もある。

それなのにエクレールが触診している時は、身じろぎ一つせずにシャンとしていた。

「……本能的に逆らっちゃいけない相手だってわかっているんだ」

きっと、本能が察知したに違いない。私も同じようなものだから気持ちがわかる。

やがてエクレールは触診を終えたのか、キューとロスカに労いの言葉をかけると離れる。

「体調はどうですか？」

「まったく異常はなく健康です」

「そうでしたか……」

キュロス医でもあるエクレールがそう診断したのであれば安心だ。

ひとまず、私の聖力による健康被害などはなさそうだ。思わずホッと胸を撫で下ろす。

「ソフィア様の聖魔法の影響を受けて聖力を宿し、その象徴たる体色へと変化した。頭の痛いことに、その仮説が濃厚のような気がしますね」

「ソフィア様のやることですからね」

エクレールが悩ましそうに呟き、ルーちゃんが神妙な表情で同意の声を上げた。

どうしてそこで同調しているのかわからない。

「この子たちのように聖魔法をかけ続ければ、他のキュロスにも同じような変化が起きるのか興味深いですが、今は様子を見ることにしましょう。普段、この子たちは新しい屋敷の方に？」

「はい、そちらもキュロス舎がありますので」

「しばらくは、私が様子を見に行っても構いませんか？　経過観察をしたいので」

「構いません。是非ともお願いします」

エクレールが身近にいると少し気が抜けないけど、キュロス医として様子を見に来てくれるのは非常に心強いことなので彼女の提案にありがたく乗った。

第二十話　教会墓地

キューとロスカの様子を見ていたいと言うエクレールと別れると、私とルーちゃんは教会本部の裏手にある墓地にやってきた。

ここは教会本部に関係のある者が埋葬される場所だ。

身寄りのない者や孤児だけでなく、命を落とした歴代の聖女や聖騎士、それぞれの見習いの子たちも埋葬されている。

二十年前は魔王との戦いがあり、多くの聖魔法の素養を持つ子供が教会に集められ、教育を受けた末に最前線へと投入された。

その事実だけを聞けば若者の命を散らす、非人道的な行いであると言えるが、当時はそんなことを言っている場合ではなかった。

国や街や村が瘴気に呑み込まれ、文字通り世界の危機だったのだ。

そのため聖魔法の素養を持つ多くの者が戦い、そして亡くなっていった。

ここはそんな者たちが眠る場所なのである。

花束を手に墓地に入っていくと、芝の生えた広大な墓地に等間隔に並んでいる墓碑。

身寄りのない平民や孤児の墓碑が続き、教会関係者の墓碑は奥にある。

数々の墓碑を通り過ぎて歩く。

この辺りは身寄りのない者の墓碑なので、誰かが墓参りをしているといったことはない。

そのはずが、墓碑はとても綺麗で花も添えられていた。恐らく、教会職員や見習いの子たちがかかさず手入れを行ってくれているのだろう。

これなら身寄りがない人たちも浮かばれるというものである。

平民の区画を抜けると、教会関係者の墓碑となる。

こちらも芝の生えた平地に並んでいるたくさんの墓碑。遠くには墓地を囲うように木々が見えている。

「……墓碑が増えてるね」

二十年という時間が経過したので、墓碑が増えるのは当たり前だ。

だけど、思わず呟かずにはいられなかった。

「もっとも死者が多かったのはソフィア様が戦われていた時です。その時は生死不明の者も多く、埋葬も後回しになっておりましたから」

私の言葉にルーちゃんが静かに答える。

エステルのかつての主であったケビンネスのような状態が多かったのだろうな。

薄雲が流れていて真っ青だった空が、薄青色へと変化している。

陽が中天を過ぎて西へと傾き、段々と陽の光が重くなっているように感じた。

辺りは静寂な空気で満ちており、大声で話すのが憚られるような雰囲気。

悲しくなるほど美しい墓地だ。

立ち並ぶ墓碑を目にすると、名前などが刻まれている。

そこに刻まれている享年は驚くほどに若い。恐らく聖女見習いの子たちだろう。

それを見ると無性に悲しくなった。

世界のために大きく貢献した聖女や聖騎士の墓碑は、他のものよりも少しだけ質がいい。二十年前とそれは変わっていない様子なので、そこを中心に探していく。

すると、ルーちゃんが一つの墓碑の前で足を止めた。

「ラーシアたちのお墓？」

「いえ、恐らくエステルの元主であるケビンネス様のお墓ではないかと」

墓碑を見てみると聖騎士ケビンネス＝ウールハイトという名前が刻まれている。没年も二十年以上前となっており、エステルが言っていた時期とも整合した。

「間違いないね。エステルのためにお花と祈りを捧げておこう」

「そうですね。きっと彼女も喜びます」

花束は少し多めに買ってある。ケビンネスの墓碑に向き直った私とルーちゃんは、アブレシアの花を一輪ずつ添えた。

ケビンネスとはそれほど深い交流があったわけではないが、二十年前の戦いを支えてくれた聖騎士の一人だ。

当時の戦いの厳しさを知っていた私としては、それだけで敬意に値する想いだ。

「あなたのメイドだったエステルは、私の屋敷で今も働いてくれているから。レイスになっても帰還を待っていたってすごいよね」

　本当ならエステルが一番に駆け付けたいかもしれないが、彼女は基本的に屋敷から出ることができない。

　仮に出られたとしても聖なる結界で守られている教会の墓場までやってくることは無理だ。だから、私たちがエステルの分まで精一杯祈ろう。

　祈りを終えて次に行こうと思ったところで、ルーちゃんの焦った声。

「……行きましょうか――あっ、こら！　お供え物を食べてはダメです！」

　目を開けてふと視線をやると、墓碑にあるお供え物を食べようとしているスライムの姿が。

　目の前の食べ物に興味を示しているスライムと、それを必死になって止めようとしているルーちゃんの姿がなんだかおかしい。

　しんみりとした空気は一気に吹き飛んで思わず笑ってしまった。

　無事にスライムを捕獲すると、私たちは改めて歩き出す。

　ラーシアやカイナのお墓を探して視線を動かした。

「……エスカ、ロビン、ミナ、ロサリアも亡くなっちゃったんだ」

　墓碑には幾人もの同僚や先輩、後輩の名前が刻まれていた。

　自分が眠っている間にこんなに亡くなった人がいるなんて。まるで実感が湧かなかった。

　埋葬された瞬間に立ち会えなかったからだろうか。

　それでも目の前に墓碑が建てられている。

どこか空虚な気持ちながらも私はアブレシアの花を添えて、祈りを捧げていった。

「ここですね」

そうやって進んでいくうちにラーシアとカイナの墓碑を見つけた。

いつも二人で行動することが多かったからだろうか、建てられている墓碑も仲良く並んでいた。

「……たくさんの花束だね」

二人の墓碑にはたくさんの花束が添えられていた。

その量が尋常ではなく、私は思わず驚く。

「ウルガリン防衛戦では彼女たちに命を助けられた市民や兵士の方がたくさんいました。今でもその恩を忘れずに墓参りにきてくださる方が大勢います」

二十年という歳月が経過してもなお色褪《いろあ》せることのない感謝の念。自分のことでもないにもかかわらず、嬉しくて不意に涙が出た。

だけど、湿っぽいお墓参りにはしたくない。二人はいつだって前向きだったから。こんな姿で向かいあっては二人に怒られてしまう。

私は溢れ出る涙を拭って笑みを浮かべた。

「こんなにもたくさんの人に慕われるなんて、さすがはラーシアとカイナだね！」

没年月日を見ると、私が魔王討伐を果たす少し前だというのがわかった。

もう少し早く魔王を倒していれば、二人は生きていたのかもしれない。

そんな風に思ってしまうのは傲慢なのだろうか。

どちらにせよ、既に過ぎてしまった時間を戻すことはできない。

忸怩《じくじ》たる想いはあるけど、心の奥に押し込めて私は花を捧げる。

「ラーシア、カイナ……私たちのパーティーが魔王を倒したよ。魔王の瘴気を浄化するのに少し時間がかかって、やってくるのがこんなに遅くなっちゃった。ごめんね。二人が守っていたウルガリンは陥落しちゃったけど、私とルーちゃんがさっき取り戻してきたよ。メアリーゼが人員を派遣して、復旧を始めるって言ってたからまた昔みたいに賑やかになるよ」

手を合わせながら語りかける私。

二人が亡くなった実感がないし、色々と喋《しゃべ》りたいことが多すぎて話が纏まらないところもあるけど、二人に言いたかったことは何とか伝えられたような気がする。


——ありがとね、ソフィア、ルミナリエ。


言い終えて一息つくと、不意に柔らかな風が吹いて優しいそんな声が響いた気がした。

ハッと顔を上げるも目の前には墓碑があるだけで、周囲には誰もいない。

「……今、声が？」

「私にも聞こえました」

怪訝に思って呟くと、ルーちゃんにも聞こえていたようだ。

「眠っているラーシアとカイナがお礼を言ってくれたのかな？」

「そうだとしたら嬉しいですね」

返事をしてくれたことが嬉しくて、私からもお礼をしたくなった。

「二人やここに眠っている皆が幸せな来世を送れるように祈りを捧げるよ」

私のように記憶を保持して転生することはできなくても、せめて幸せな後生を送ってほしい。

そんな願いを込めて、祈りを捧げると私の聖魔力が反応し、大きく広がった。

「ソフィア様から聖なる波動が……ッ！」

特に聖魔法を発動させるつもりもなかったのに、勝手に聖なる波動が出てきて驚く。

だけど、中途半端に終わらせるのも嫌だったので、そのまま祈りを捧げ続けた。

翡翠色の光は墓地を包み込むと、しばらくして何事もなかったかのように消え去る。

「ソフィア様、今のは……？」

「聖魔法を使うつもりじゃなかったのになんか出ちゃった。ルーちゃんの身体に異常はない？」

「異常は特にありません。強いていえば、空気が澄んでいることでしょうか？」

ルーちゃんに言われて深呼吸をしてみると、確かに空気が澄んでいた。

墓場というのは、外からやってくる邪気や怨念を呼び込んでしまうことがある。

今の聖魔法でそれらを綺麗にできたのかもしれない。

よくわからないけど、まあいいや。ラーシアやカイナをはじめとするここに眠る皆が、次こそは平和な生活を送ってくれれば。

私だって女神様に出会えたんだ。きっと、皆も素敵な来世が待ってるよ。

なんてポジティブに考えていると、不意に誰かがこちらにやってきた。

駆け寄ってくる気配にいち早く気付いていたルーちゃんが警戒した様子を見せる。が、近寄ってきた人は見覚えのない聖女だった。

第二十一話　感知の聖女

聖女はかなりの距離を走ってきたのか、立ち止まると肩を揺らして荒い息を吐いた。

艶やかな漆黒の髪は綺麗なストレートでまったく癖はない。クリッとした大きな瞳は髪色と同じ黒。とても清楚《せいそ》で可愛らしい印象の聖女だ。

なんだか急いでやってきたみたいだけど、一体何の用だろう？

などと疑問を抱いていると、

「……ソフィア？」

黒髪の聖女の口からポツリと言葉が漏れた。

「え？　私を知ってるの？」

「……知ってる！　ソフィア、生きていたんだ！」

思わず反応すると、黒髪の聖女は勢いよくこちらに駆け寄って抱き着いてきた。

私よりも小さな身体。ふんわりとしたいい匂いが鼻孔をくすぐった。

「……ソフィア！　ソフィア！」

黒髪の聖女は感極まった様子で私の名前を連呼し、胸に顔をうずめてくる。

可愛らしい女の子に抱き着かれるのは嬉しいけど、身に覚えのない人からだと戸惑う。

どうするべきかとあたふたしていると、前方から聖騎士と思われる男性が走ってきた。

「ミオ！」

「ミオ？」

聖騎士の男性が呼んだのは、恐らく腕の中にいる聖女の名前。

黒髪に黒目にミオという名前……私の中にあった記憶のパズルがかっちりとハマる。

「ええ？　もしかして、ルーちゃんと同じ見習い聖女だったミオ⁉」

「……むう、ようやく気付いた？」

驚きながら言うと、胸の中にいた聖女――もとい、ミオが顔を上げた。

「ごめん、私の記憶にあるのは四歳の頃だったから」

「……そうだった。ちょっとわがままだった。ごめん、ソフィア」

「ううん、気にしないで」

ミオ。ルーちゃんと同じく、私が教会で面倒を見ていた見習い聖女の一人だ。

「ミオ、急にどうしたんだ？　その人と知り合いなのか？」

私とミオが笑みを交わし合っていると、遅れて聖騎士の男性がやってくる。

ルーちゃんと同じ白銀の鎧を身に纏い、青いマントを羽織っている。

銀色の髪に涼しげな青い瞳。とても整った顔立ちをしている青年。

ミオを思い出した私は、この聖騎士が誰なのか当たりをつけていた。

「久し振りだね、フリード」

ミオと同じく教会に預けられた孤児の一人。

聖魔法の素質があったことから、聖騎士見習いとして幼い頃から訓練を受けていた少年だ。

今はすっかり身長が私よりもデカくなっており、青年だけど。

「む？　俺の名前を知っているのか？　生憎と俺はあなたのことを知らないのだが……」

私が声をかけると、フリードは怪訝そうな表情をする。

「……フリード、本当にわからない？」

「どういうことだ？　俺は聖女様とそこまで交友は深くない。この人とは間違いなく、初対面だと思うが？」

「初対面だなんて酷いなー。五歳になってもおねしょが続いていたから相談に乗ったり、一緒にパンツを洗って乾かしたりした仲なのに」

「なっ！　そのことを知っているのはソフィアか！」

「そう、私だよ！」

私たちしか知らない秘密話を暴露することで、フリードは私に気付いてくれたようだ。

「……フリード、小さい頃はおねしょをよくしていたの？」

「フッ、あなたにもそんな可愛い時期があったのですね」

「や、やめろ！　そんな目で俺を見るな！　子供の頃の話だ！」

ミオの純粋な瞳と同期であるルーちゃんの微笑ましそうな視線に晒され、フリードは真っ赤になった顔を手で覆った。

「思い出させるきっかけになる話や証拠なら他にも色々あったはずだ。どうして、こんな恥ずかしい話を……」

　指の隙間からフリードの恨めしそうな視線が突き刺さる。

「ごめんごめん。つい、小生意気な昔の頃を思い出しちゃって……」

　今でこそ落ち着いた様子を見せているが、フリードはやんちゃ小僧だった。

　私の中でのフリードの記憶は、その頃しかないからついからかうように言ってしまった。

「生意気な頃って、もう二十年以上も前だから当然――いや、すまなかった。ソフィアは世界を救ってくれたのに不躾《ぶしつけ》なことを言って」

　文句を言おうとしたフリードであるが、途中で自分が放った言葉に気付いたのか、慌てて言い直して頭を下げた。

　そんなフリードの頭に私はポンと手を置いた。

「五歳のやんちゃ小僧がそんな風に気を遣えるなんて成長したね。偉い偉い」

「やめろ。人の頭を勝手に撫でるな」

「……フリード、顔赤い」

　頭を撫でると、フリードが鬱陶しそうに振り払って頭を上げた。

　こういう照れ屋でぶっきらぼうなところは昔と変わらないようだ。

　ミオだけでなく、ルーちゃんにもくすくすと笑われている。

「それにしても、ミオはよく私だとわかったね。目覚めたことは公表していないし、髪の毛だってバッサリ切ったのに」

「……この温かくて力強い聖魔力はソフィアのもの。私が見間違えるなんてあり得ない」

「そうだった。昔からミオは、聖力や魔力に敏感だったもんね」

ミオは昔から力の流れを知覚することが得意だった。

たとえ、私が目覚めたことを知らなくても、髪型で印象が変わっていても、変わることのない聖力や魔力を見れば一目瞭然だよね。

「アブレシアの地下で魔王の瘴気を浄化し続けていると聞いていたが、こうしてここにいるということは浄化が終わったのか？」

「うん、終わったよ！」

「本当⁉　やっぱり、ソフィアはすごい」

フリードの問いに晴れ晴れと答えると、ミオが無邪気な笑みを浮かべて抱き着いてくる。

「えへへ、そう？　やっぱり、すごい？」

「うん、ソフィアはすごい！」

「えへへ」

可愛らしい後輩に無邪気に褒められ、私は素直に嬉しかった。

つい、顔がだらしなくなってしまう。

「ところでミオとフリードもここにいるということは墓参りですか？」

「……そうだった。皆のお墓参りにきたんだった」

ルーちゃんがそのように尋ねると、ミオが思い出したように顔を上げた。

久し振りに会えた私と離れたくない、だけど、墓参りはしたい。どうしたらいいのかわからないというようにソワソワとしている。そんな小動物っぽい動きが可愛らしくて、思わず頬が緩んでしまう。

「安心して。私はいなくなったりしないよ。待っててあげるから、用事を済ませておいで」

「……うん、わかった。絶対だよ？」

縋《すが》りつくような視線と共にかけられる言葉にしっかりと頷くと、ミオは表情を明るくしてパタパタと離れていった。その後ろにフリードが付き添う。

私たちと同じように墓参りをするのだろう。

墓地にやってきて悲しい現実に直面したけど、こうして今も生き残っている知り合いに出会うことができた。

「……これもラーシアやカイナからの祝福なのかな？」

未練がないようにと送り出して祝福したけど、結果として私が勇気づけられる形になっている。

大聖女だなんだと言われるようになったけど、やっぱり二人には敵わない気がする。

第二十二話　ミオの長所

墓参りを済ませると、ゆっくりできる場所で話すためにミオとフリードを屋敷に招待することにした。

『お帰りなさいませ、ソフィア様、ルミナリエさん』

「ミオ、下がれ！　レイスだ！」

『お客様ですか――ひいっ⁉』

私とルーちゃんを出迎えてくれたエステルを見て、戦闘態勢に入るフリード。

アンデッドの弱点である聖なる力の宿った剣を向けられて、エステルが悲鳴を上げる。

「大丈夫！　レイスだけど、この子はうちのメイドだから！」

「メイドだと？　意味がわからん」

「……屋敷の中からアンデッドの気配がするとは思ってたけど、メイドとして使役しているとは」

戸惑いの様子を隠せないフリードであるが、ミオの方はとっくに感知していたらしい。

エステルの存在よりもメイドであることに驚いているようだ。

『はじめまして、エステルと申します。レイスとしてこの屋敷に居ついていたところ、ソフィア様のご慈悲によって仕えさせていただけることになりました』

「……私はミオ。ソフィアの後輩で聖女をしてる」

「………ミオの護衛のフリードだ」

エステルが丁寧に一礼をすると、ミオは平然とした様子で、フリードはやや警戒したまま自己紹介をした。

「……大丈夫、フリード。この子に邪気はない」

「しかしだな……」

「フリードは知ってるかな？　エステルは、聖騎士のケビンネスさんに仕えていたメイドさんなんだよ」

「あー、あのむさ苦しいオッサンの……」

『むさ苦しいとはなんですか！』

フリードが思い出すように呟くと、エステルが憤慨したように反応する。

そういう一面があったことを否定できない。

「そうか。あのオッサンに仕えていたのなら安心だな」

『信用してくださるんですか？』

「あのオッサンは人を見る目は確かだった。悪い奴を傍においておくはずがない」

『そ、そうですか。ありがとうございます』

フリードの続く言葉を聞いて、嬉しそうにするエステル。

『こんなところで立ち話をさせてはお客様に失礼ですね。どうぞ、中に入ってください』

「……お邪魔します」

エステルが念動力で扉を開けて、私たちを中に入れてくれる。

「……ここがソフィアの新しい家。とっても綺麗で広い」

「でしょ？　自分だけの広い家があるって中々に快適だよ」

まだ住み始めてそれほど時間は経過していないが、持ち家の魅力を理解するには十分だった。私もルーちゃんも今ではすっかりと魅了されている。

『ソフィア様、そのスライムは？』

廊下を歩いていると、エステルが尋ねてくる。

ミオやフリードを連れてきただけでなく、シレッとスライムも抱えていた。

「帰り道に懐かれたから飼うことにしたんだ。よろしくね」

『かしこまりました』

スライムをペットとして飼うことはそこまで珍しいものではない。エステルはそのことを確認すると、しっかりと頷いてくれた。

リビングにやってくると、皆が席について、エステルが紅茶を差し出してくれる。

フリードやルーちゃんが紅茶に口をつける中、ミオはソワソワとしながら部屋を見渡していた。

「……こんな広いところに私も住んでみたい」

やはり、私やルーちゃんと同じ教会育ちだけあって、自分だけの広い家には憧れるようだ。

キラキラと輝く瞳には羨望の色が宿っていた。

「そういえば、ミオとフリードは教会本部で一度も見かけなかったけど、どこにいたの？」

王都には二ヵ月ほど住んでいるが、ミオとフリードを見た覚えはない。

教会本部にいれば、今日のように私の聖魔力を察知して声をかけてきたはずだ。

「俺とミオは王国の東にあるオルドレッドを守護し、浄化を進めていたんだ」

なるほど。道理でアブレシアや王都で一度も見かけなかったわけだ。

やっぱり、生き残っている聖女のほとんどは各地の守護や浄化の任についているんだ。

「……だけど、つい最近招集がかかって教会本部にやってきた」

「なんでも異変が迫っているとのことらしいが、一体なんなのだろうな。理由を聞こうにもウルガリンが奪還されたとかでてんやわんやだった」

ああー、それはなんか申し訳ないことをしてしまった。

「……ソフィアとルミナリエはなにか知ってる？」

気まずいような反応をしてしまったからだろうか、ミオが尋ねてくる。

「え、えっと、事件は少し前に起こりまして……」

その純粋な眼差しに誤魔化すことができず、私は魔神なる存在のことや、二人でウルガリンを奪還したことについて話す。

「なるほど。魔王よりも強大な敵がいるのだとしたら、それは警戒するのも当然だな。それはさておいて、こんな時期になにをやってるんだ？　ウルガリンの奪還自体は悪いことではないが、もう少し歩調を合わせて行うべきだろ？」

「ごめんなさい！」

フリードのド正論の言葉に反論もできない私は素直に謝った。

きっと、私がウルガリンを奪還したせいで王都に集まってきた人たちも混乱しているに違いない。

「……でも、たった二人でウルガリンを奪還するなんてすごい」

「ミオは優しい！」

ミオの優しさに私は感激した。

正面じゃなく隣に座っていたら抱き着いて頭を撫でているところだ。

「……私にはあんな濃密な瘴気を浄化するなんてできないから」

ミオの表情に落ちた陰りを見て、そんなことはないなどと無責任なことは言えなかった。

聖女といえど、なんでもこなせるわけでもない。

治癒、浄化、付与、結界、降臨、刻印……他にも聖魔法の種類は多岐にわたるが、それぞれが適性を伸ばして進む。

「誰にだって得意や不得意はあるんだよ？」

「……でも、ソフィアは浄化だけでなく、治癒も付与も結界もなんでもできる」

浄化以外は苦手なのだけど、周りの人からなんでもできるように見えてしまうらしい。

「たとえ、そうでもミオには私や他の誰にもできない感知能力があるじゃん！」

「……敵の位置がわかっても私には何もすることが」

ミオは私のようにある程度マルチに聖魔法を使いこなせるタイプではない。

勿論、聖女である以上、最低限のことは一通りできるが、一番の強みは感知だ。

なんでもできる聖女も素晴らしいとは思うが、このような才能は稀有《けう》だ。他の聖女の代わりはたくさんいてもミオの代わりが務まる聖女はいないだろう。

だけど、本人はそれを理解できていないらしい。

そのことに驚いてフリードに視線をやると、彼は悩ましそうな顔をしていた。

「初めから敵の位置がわかっていれば、私たちは作戦を立てて準備ができます。そうすれば、有利な戦闘状況を作り出すことができる。それは戦う者にとって、とても心強いことです」

呆然としている私よりも先に口を開いたのはルーちゃんだ。

「ウルガリンを奪還する時も、あまりにも魔物の数が多くて乱戦気味になることがあったね」

「はい、ソフィア様だったからこそ何とかなったものの、並の聖女では瞬く間に魔物に呑まれていたでしょう」

汚染区域での戦闘は基本的に人間が不利だ。そんな状況で情報を的確に伝達することのできる、ミオの感知能力はとても頼もしい。

「他にも瘴気が濃いエリアに入ると、瘴気持ちの魔物の反応が混濁して、正確な数がわからなかったり、来る方向がわからなかったりする。でも、ミオはそれさえも見分けられるでしょ？」

「……う、うん」

「ミオは汚染区域にいようとも、瘴気持ちの魔物の数や方角、距離を事前に伝えてくれる。俺をはじめとするオルドレッドの者が安定して戦えているのもそのお陰だ」

「……みんな、ありがとう。でも、それ以上はやめて。恥ずかしい」

どうやら私たちの励ましの言葉をストレートに受けて限界になったらしい。
ミオは顔を真っ赤にしてテーブルに突っ伏した。
そんな可愛らしいミオの様子を見て、私たちはくすくすと笑った。

第二十三話　皆でお泊まり

それから私は魔王との戦いや、浄化を終えて目覚めてからのことを語った。

ミオとフリードはそのことを興味深く、時に笑いながら聞いてくれた。

「それにしても、ミオは昔よりも喋れるようになったね？」

昔はずっとフリードの後ろに隠れる、超人見知りする子だった。

私の傍にいた時も、あまり喋りかけてくることはなく物静かだった。

それがこんな風に表情豊かにして、滑らかに喋っている。

二十年という歳月があったにしても、私からすれば大きな衝撃だった。

「……ん、私も成長した」

「身内以外の知らない人にはてんでダメだがな……」

誇らしそうにしているミオだったが、フリードがすかさず補足を入れた。

「……フリード、酷い。それは言わなくてもいい」

頬を膨らませてぽかぽかとフリードの肩を叩くミオ。

しかし、悲しいかな。腕が細く華奢《きゃしゃ》な体格をしているミオの一撃はまったく響いてなそうだ。

むしろ、フリードの鎧を素手で叩いて痛そうだ。ちょっと涙目になっている。

「あれ？　でも、エステルには普通だったよね？」

「……彼女は人間じゃないから」

ミオの中の基準がちょっとよくわからない。不思議だ。

「……でも、聖女になって色々な人と話すうちにマシになった」

「確かにそうだね。なにかきっかけでもあったの？」

まだ身内以外はてんでダメかもしれないが、身内には滑らかに喋ることができている。

内気だったミオに大きなきっかけがあったに違いない。

「……ソフィアをはじめとする身の回りの人がいなくなって思った。もっと色々とお話ししたかったって……死んじゃったら、もう二度とお話しすることができないから」

「うん、そうだね。その人のことを何も知らないままに話せなくなるのは悲しいもんね」

そのきっかけの中に自分が入っているのが意外であるが、ミオも二十年という月日を生きてきて色々と思うことがあったようだ。

色々と辛いことがあったけど、それを乗り越えてここまで成長した。それが嬉しい。

「聖女見習いだったミオも今では聖女かぁ」

ミオの纏っている法衣を見れば、それが見習い服でないことはすぐにわかる。

私とデザインは少し違うが、彼女のも中々に素敵な聖女服だ。

「……十歳の頃になれた」

「わっ、そんなに早くなれるなんてすごいね！」

私の世代は聖女になった年齢が早い者が多い。皆が死ぬ気で頑張って努力したのもあるけど、実情はそれだけ世界が逼迫《ひっぱく》していたからだ。

私たち聖女はどのような環境下でも聖魔法を発動できることを望まれる。

極寒の中での祈禱《きとう》や、灼熱《しゃくねつ》に近い気候での戦闘支援、不眠不休の状態での結界の維持、そして、瘴気に満ちた汚染区域での浄化。

幼い頃から、それらの全てを叩き込まれる。

全ては魔王に対抗し、瘴気を打ち払うため。

それほど若い年齢で聖女になれているのは、まさしく才能と努力の証だった。

「……ここまでやってこられたのはフリードがいてくれたお陰。私一人じゃきっと無理だった」

「俺もミオがいるからこそ厳しい稽古を乗り越えることができた。それはお互い様だ」

互いに支え合うことで前に進むことができたようだ。それって素敵だな。

笑い合う二人の姿を見て、私とルーちゃんもそんな風でありたいと思った。

◆

「……もうこんな時間」

リビングに差し込んでくる夕日に気付いて、ミオがそんな呟きを漏らす。

ミオやフリードと話し込んでいたら、いつのまにか夕方になっていた。

二十年ぶりの時間を埋めるには、数時間という短い時間では到底足りなかった。

窓の外を見つめるミオの眼差しはとても寂しそうだ。

「よかったら、今日はうちに泊まってく?」

「……いいの?」

「もう日も暮れますし、部屋の数も余っていますから」

「うん、泊まって泊まって。もっとミオとフリードと話したいし」

そんな私とルーちゃんの言葉を聞いて、ミオがフリードへと視線をやる。

ミオとしては泊まりたいが、決定権は護衛であるフリードにあるらしい。

フリードはミオの視線を受け止めると、しっかりと頷いた。

「……泊まる!」

「やった! これでもっとお喋りできるね」

「……うん」

泊まれることになり嬉しそうにはにかむミオ。

『ソフィア様、追加分のお料理を作りますので夕食は少々お待ちいただけますか?』

ミオと喜んで手を合わせていると、エステルがおそるおそる声をかけてくる。

二人を連れてきたのは突然だったので、四人で食べるにはやや準備が心許《こころもと》ないのだろう。

夕食のことなんて全然考えずに勢いで許可してしまった。エステルにも事前に確認しておくべきだった。失敗。

「……それなら私たちも手伝う」

申し訳なさそうに提案してきたエステルに、ミオがそのようなことを言う。

「いいね！　皆で料理するのも楽しいし！」

目覚めてからは基本的に教会の食堂や、街の食堂を利用することが増えていた。

ここ最近はあまり料理をやっていなかったので久し振りにやってみたい。

「思えば、ここ最近はあまり自炊をしていませんでしたね。久し振りに料理をしたい気分です」

「長旅で保存食には飽きていた。悪くない」

ルーちゃんやフリードも同じ気持ちだったのか、すっかりやる気だ。

『ソフィア様たちがですか⁉　そんな……ご主人様やお客様にお手伝いをさせるなんて……』

しかし、仕える側としてのエステルとしては恐れ多いのだろう。

「私たちも料理が好きだからやらせてくれないかな？　それともエステルは私たちと一緒に料理したくない？」

『その言い方はズルいですよ、ソフィア様。私も皆さまと一緒に料理がしたいです』

私のちょっと意地悪な質問に、エステルはこくりと頷いてくれた。

夕食を皆で作ることになった私たちは厨房に向かう。

「エステル、夕食のメニューはどうする？」

『材料はそれなりにありますので、基本的なものはなんでも作れますよ。皆さんの食べたいものをお作りしましょう』

ふむ、これだけの人数が揃っていれば大抵のものは作れる気がする。

ここはお客さんであり、王都に帰ってきたばかりのミオとフリードの希望を訊《き》くのがいいだろう。

「ミオとフリードは何が食べたい？」

「……クリームシチューが食べたい」

これだけの人数がいれば、それなりに豪華な料理が作れる。しかし、ミオが望んだものはあり触れたものだった。

「クリームシチューでいいの？」

「……うん、皆で好きな具材を入れてごった煮にしたシチュー」

「小さい頃によく教会で作りましたね」

ミオの言葉を聞いて、ルーちゃんが懐かしげに言う。

昔は教会での料理も自炊が基本だった。見習いだけでなく、聖女や聖騎士も当番で料理を作っていた。

とはいっても、最終的には皆が集まって料理することを楽しんでいたために、それぞれが勝手にやっていたっけ。

貧しいながらも皆でわいわいと集まって、料理をして食べたのが懐かしい。

「いいね！　汁物はそれにしよう！　フリードは何か希望はある？」

クリームシチューとなると合わせるのはパンだ。そこにサラダや果物が加わるとして、もう一品は欲しいところだ。

「……が食べたい」

「え？　なんて？」

「シイタケの肉詰めだ」

聞こえなかったので聞き返すと、フリードは大きな声で言った。

意外な注文に私は思わずポカンとする。

「……ソフィアが作ってくれたシイタケの肉詰め。あれも美味しかった」

「食べ盛りの私たちも、あれを食べると満足しましたよね」

教会でごくまれに食卓に上がってくるお肉。

安いお肉であまり量もなかったので、潰して野菜と混ぜてシイタケに詰めていたっけ。

「わかった。シイタケの肉詰めだね」

懐かしい注文にクスリと笑い、私たちは料理を開始した。

第二十四話　懐かしの料理

夕食のメニューが決まると、私たちは手分けして動き出す。

エステルとルーちゃんとフリードがクリームシチューやサラダを担当し、私とミオがシイタケの肉詰めを作る。

「鶏肉の下ごしらえ終わりました。ニンジンとブロッコリーも切っておきますね」

『ありがとうございます！』

「タマネギも切っておいた。使いさしのアスパラと白菜もあるが使ってもいいか？」

『構いません！』

エステルだけでなく、他の面子も料理ができるのでそれぞれの動きはよどみなく非常にスムーズだ。

ジャガイモの下処理を終えたエステルが、テキパキと具材を入れて炒《いた》めている。

昔っぽく、フリードは特にこだわることなくたくさんの具材を入れようとしているようだ。

ルー無しのクリームシチューを作るのは少し手間であるが、三人がいればすぐに完成しそうだ。

ゆっくりとしていると私たちの方が遅くなりかねない勢い。

私たちも速やかに料理を進めることにする。

包丁を使って豚肉をひき肉にし、ミオにはシイタケのジクを落としてもらう。

「……ソフィア、シイタケのジクを落としたよ」

「落としたジクはどうしたの？」

「……ここに置いてあるけど？」

「硬いけど一応そこも食べられるんだ。細かく刻んでくれる？」

「……わかった」

シイタケのジクは基本的に硬くて捨てがちであるが、別に食べられないわけでもない。

教会での貧乏生活が板についていた私は、それさえもみじん切りにして混ぜていた。

「……ん、できた」

「ここに入れて」

ミオがみじん切りを終える頃に私もひき肉を完成させたので、ボウルの中にタネを作る。

肉とみじん切りにしたタマネギ、そして刻んでもらったジクを投入。

そこに塩と胡椒《こしょう》を適量入れて、卵を投入。それを手でこねていく。

「混ざってきたら片栗粉《かたくりこ》を少し入れて、また混ぜるんだ」

「……なるほど」

私が混ぜている様子をジッと眺めるミオ。

作るのは簡単なので、ミオの腕前なら自宅でもすぐに再現できるだろう。

「シイタケにも片栗粉をつけておいてくれる？」

「……裏側だけでいい？」

「ううん、全部。そうした方がタレと絡みやすくなるから」

タネが完成し、シイタケに片栗粉をつけ終わると肉詰めだ。

でき上がったタネをスプーンですくって、シイタケの裏側に盛っていく。

二人でシイタケにタネを詰めていく作業はとても楽しい。

「……懐かしい」

「いつも私の傍で作るのを見ていたもんね」

あの頃のミオは小さかったから、食器を運ぶことくらいしかできなかったけど今は違う。こうやって一緒に肩を並べて料理することができる。それが嬉しい。

タネを詰め終わると、魚醬《ぎょしょう》、砂糖、お酒、みりんを混ぜ合わせてタレを作る。

「後はフライパンで焼いていくだけ」

油をひいて温めたフライパンの上にシイタケの肉詰めを並べていく。

肉の方を下にして、蓋をすると弱火でじっくりと焼く。

ほどなくして火が通ると、ヘラでひっくり返す。

ちょっと肉の部分を突っついて弾力があったら火が通っている証だ。

そして、先ほど作ったタレを投入し、アルコールがある程度飛ぶまで焼く。

お皿に盛り付け、フライパンに残っているタレをかける。

「仕上げにネギやゴマを散らせば完成！」

「……ん、できた」

「こっちも後少し煮込めば完成だ」

視線をやると、エプロンをつけたフリードがシチューを煮込んでいる。

聖騎士の鎧姿とは一転して、家庭的になっておりなんだかおかしい。

『配膳は私がしますので席についていてください』

「はーい」

食器の配膳に関してはエステルに並ぶ者はいない。

彼女は食器棚を開けると、念動力を使って次々と皿や食器を移動させてテーブルへと並べていった。

それぞれの者が席に座る頃には、すっかりと食べる準備が万端だ。

メインであるクリームシチューも完成し、それぞれの目の前に差し出された。

「じゃあ、いただ――」

「「女神セフィロト様、あなたの慈しみに感謝してこの食事をいただきます」」

すっかりお腹がぺこぺこだった私は食器に手を伸ばすが、ミオやフリードは食前の祈りを唱えだした。

家でもしっかりと祈りをやるとは敬虔だ。

「ま、真面目だ」

「……食前の祈りは大事」

「は、はい」

後輩がやっているのにもかかわらず、先輩の私がやらないのも格好がつかない。

ミオに窘《たしな》められた私とルーちゃんも慌てて祈りの言葉を口にする。

「じゃあ、いただこうか」

祈りの言葉が終わると文句はなく、私の言葉を合図に食器へと手を伸ばした。

まずはメインであるクリームシチューから。

たくさんの具材がゴロゴロと入って、とろみのついているシチュー。

匙《さじ》ですくうと大きなジャガイモ、ニンジン、タマネギなんかが入ってくる。

口にすると、ほくほくとしたジャガイモやシャキシャキとしたタマネギ、甘いニンジンとそれぞれの食感や味が渾然《こんぜん》となってやってくる。

それらには甘みとコクのあるスープがしっかりと染み込んでおり、噛《か》めば噛むほど美味しかった。

「……クリームシチュー、美味しい」

「久し振りの温かい料理だ」

派手な美味しさはないかもしれないが、思い出深い味わいだった。

オルドレッドから王都という長い旅路を終えたばかりの二人の身体には一段と染み渡るようだ。

旅になるとどうしても食べものは硬パンやチーズ、干し葡萄《ぶどう》やワインといった保存食になりがちだ。

街や村を通ることができれば、温かい料理にありつけるが毎度寄れるわけではない。

ミオもフリードも噛みしめるように食べている。

匙ですくっていくと白菜やブロッコリー、アスパラガスと様々な具材が出てくる。具材が多すぎて何が入っているのか把握できないほど。

何が出てくるかはすくうまでわからない。そんな不思議な感じが楽しい。

「次はシイタケの肉詰めだ」

しばらく、シチューやパンに舌鼓を打っていたフリードであるが、メインディッシュとばかりに視線をやって食べる。

「シイタケの旨みと肉の旨みが出てきてジューシーだ」

シイタケの肉詰めを食べたフリードが、感極まったかのような表情をした。

私も食べてみる。噛みしめると柔らかいシイタケの旨みと練り込んだ肉の旨みが弾けた。どちらが肉なのかわからないほどのジューシーさだ。

「シイタケの甘みと少しの苦味。それが甘いタレで味付けされた肉と非常に合いますね」

「……これも懐かしい味で美味しい」

ルーちゃんとミオも美味しそうに食べてくれて嬉しい。

使っている肉の量はそれほどではない。むしろ、少ない方であろう。

しかし、肉厚なシイタケのお陰で高い満足感を得ることができていた。

「……美味しい？　フリード？」

「ああ、美味い」

「……ソフィアに教えてもらったから、これからはいつでも作れる」

「それは有難《ありがた》いな」

はにかむように笑って言うミオの言葉に、フリードも嬉しそうに頷く。

そんな二人の様子を見て、私はクスリと笑った。

「……どうしたの？　ソフィア？」

「なんだか夫婦みたいな会話だなって」

「……ふ、夫婦？　そ、そんな、私とフリードが……そんな……」

なんて私が言うと、ミオは顔だけでなく耳まで真っ赤にしてもごもごと呟く。

隣に座っているフリードも同じような感じだ。

あ、あれ？　想像しているよりも初心《うぶ》な反応だな。

さすがにこれだけ仲良しなのに付き合っていないなんてことはないよね？

なんて疑問が湧いたけど不躾に尋ねられるような空気ではないので、ひとまず私は胸の中に仕舞っておくことにした。

第二十五話　二人のペース

『ソフィア様、お風呂が沸きましたので入れますよ』

夕食を食べ終わり、紅茶を飲みながらまったりしているとエステルが声をかけてきた。

「……ここにはお風呂があるの？」

エステルの声に一番に反応したのは、私ではなくソファーから立ち上がったミオだ。

「うん、あるよ。お風呂が好きだから家にもあるところを選んだんだ」

「……私も入りたい」

真っ黒な瞳をキラキラと輝かせながら懇願してくるミオ。

こんな可愛らしい上目遣いで頼まれて拒否できるわけない。

「わかった。それじゃあ、皆で入ろうか！」

「……そ、それはダメ！」

ナイスな提案をしたにもかかわらずミオに激しく否定された。

まさかの返答に私は雷に打たれたかのような衝撃を受ける。

「ええ!?　な、なんで？　私とお風呂に入るのは嫌？」

「……そ、そうじゃない。ソフィアやルミナリエとは一緒に入りたい。でも、皆では……」

え？　どういうこと？　私たちと一緒に入りたいのに、入りたくない？　なぞなぞ？

「ソフィア。俺がいることを忘れてないか？」

「ああ、そっかそっか！　つい昔の感覚のままで言っちゃった！　ごめんね！」

ミオとフリードがいるから、つい昔のような気分で提案してしまった。

そうだ。今やフリードも二十五歳で立派な成人男性だ。昔のように皆で一緒にお風呂に入ることはできない。

昔と変わらない部分もあるけど、やっぱり時間の経過で変わった部分はたくさんあるんだよね。

「俺は中庭で適当に剣でも振ってくる。上がったら声をかけてくれ」

「うん、わかった。先に入らせてもらうね」

しみじみと思っていると、フリードが剣を手にして中庭に出ていった。

どうやら気を利かせてくれたらしい。

「別にリビングでくつろいでいてもいいんだけどね……」

『多分、落ち着かないのだと思いますよ』

なんとなしに呟いた言葉にエステルがクスリと笑いながら答える。

よく考えれば、この屋敷の中で男性はフリードだけだ。

女性たちが入浴している中、一人でゆったりするのは中々に難しいだろう。

フリードにはちょっと無理をさせてしまっているかもしれないけど、今日は久し振りにミオに再会できたので甘えることにした。

『こちらタオルです』

「ありがとう」

『お着替えの方は、後ほど私がご用意しておきますね』

エステルからタオルを受け取った私たちは、リビングから脱衣所へと移動。

脱衣所もそれなりの広さがあるので、三人が一緒に入っても問題はない。

昔の教会本部は脱衣所が狭い上に、入る人数も多かったのでいつもぎゅうぎゅうだった。

あれはあれで楽しかったけど、快適さは皆無だ。しかし、ここは段違い。

互いに広々としたスペースで服を脱ぐことができる。

聖女服をスルスルと脱いでいき、棚にある籠の中に折りたたんで入れていく。

その際、チラッとミオの身体を盗み見る。

ルーちゃんの肌も綺麗だが、ミオの肌もかなり綺麗だ。

身体はグラマラスであるとは言えないが、リリスのようなスレンダーな体つきで美しいと思える。

「……ソフィア、そんな風にジロジロ見られると恥ずかしい」

「さすがは感知が得意だけあって、視線に敏感だね」

「あれだけ舐《な》め回すような視線を向ければ、誰だって気付きますよ」

感心していると横にいるルーちゃんが呆れたような顔で言った。

どうやら見られてないルーちゃんでもわかるようなあからさまな視線だったらしい。

私に見られて恥ずかしがっていたミオであるが、ルーちゃんが服を脱ぐ姿を見ると圧倒されたかのような表情になった。

「……ルミナリエの成長がすごい」

「うん、すごいよね」

「や、やめてください」

ミオと一緒に凝視すると、ルーちゃんがタオルでたわわな果実を隠した。

別に前世が男性というわけでもないけど、やっぱり綺麗な身体というのは、それだけで老若男女問わず惹《ひ》き付《つ》けるものだ。

「……でも、一番綺麗な身体なのはソフィア」

「わかります」

「へっ、私？」

じーっと観察していると、何故かミオとルーちゃんが視線を向けてきた。

「身体のバランスが非常にとれていて美しいです」

「そ、そうかな？」

自分の身体をじっくり見ることなんてあまりないので、そう言われてもピンとこない。

他人の身体をじっくりと見ることはあるが、こんな風に見つめられたことは少ないので照れてしまう。

「……それにソフィアはまだ十五歳。私たちとは肌の張りが……」

自らの肌を触りながら悩ましそうに呟くミオ。

二十代になると若々しさが途端に落ち込むからね。

今世では経験していないけど、前世でそれは実感したものだ。

「さ、服も脱いだし浴場に入ろうか」

羨ましそうな二人の視線から逃れるように、私は浴場に入る。

扉を開けると、浴場の中はもうもうとした湯気が漂っていた。

エステルが魔道具でしっかりとお湯を入れて、浴場も温めてくれたらしい。

裸になると身体を守るものが一切取り払われてしまうけど、妙に勇ましい気持ちになるのはどうしてだろう。不思議だ。

そんなことを思いながら真っ先に洗い場に向かう。

温かな湯船の中にドボンと行きたいが、まずは汚れを落として入るのがマナーだ。

焦る気持ちを必死に我慢して、かけ湯をして髪や身体を洗っていく。

その気持ちはミオやルーちゃんも同じなのか、それぞれが黙々と身を清めていた。

「ようやく湯船に入れる！」

「……早い」

そして、真っ先に髪や身体を洗い終えた私は、すぐに湯船へと移動。

ふふふ、長かった髪の毛をバッサリと切ったからね。これも髪を切ったことの利点だ。

足先からゆっくりとお湯に入れていく。温かなお湯に包まれるのを心地よく感じながら、ゆっくりと身体を沈める。お湯の熱さが全身にゆっくりと伝わっていくようだ。

「……ふう」

あまりの気持ち良さにため息のような言葉が漏れた。

湯船の縁に頭を乗せて、体重を預ける。

すると、お湯の浮力で身体がぷかーっと浮いた。

ちょっとだらしないけど、重力から解放されるようでこれが心地いい。

そうやって無心でお湯に浸《つ》かっていると、髪や身体を洗い終えたルーちゃんとミオもやってきた。

私と同じようにゆっくりと身体を沈めていく。

「いいお湯ですね」

「……うん、お湯に浸かると気持ちがいい」

「ミオは長旅だったもんね」

特に長旅をしていたミオは、湯船に入るのも久し振りだったのだろう。

温かなお湯に身体を沈めて恍惚《こうこつ》の表情を浮かべていた。

「私たちも今日は色々なことがあったから疲れたね」

「こうしてのんびりしていると、今朝方にウルガリンを奪還したのが嘘のようです」

私の言葉に同意しながらもルーちゃんが微笑む。

ウルガリンの奪還をし、キューとロスカの異変について確かめたり、墓参りをしたりと色々あったので、それなりに疲労がたまっていた。

こうしてお湯に浸かって身体を温めていると、今日の疲れも流れでていくようである。

私は手足を投げ出すようにして浸かり、ルーちゃんは段差を利用し身体の七分目まで浸かっている。ミオは小さな身体を折りたたむようにして三角座り。

お風呂に入る体勢もそれぞれの性格を表しているようでなんだか面白い。

しばらく、お湯の中でのほほんとしていると、私はあることを思い出した。

ハッとした私は居住まいを正して、ミオの方へと向く。

「ねえ、ミオ。聞きたいことがあるんだけどいい？」

「……なに？」

「フリードとは付き合ってるの？」

「――ッ⁉」

率直に尋ねると、ミオは身体をビクリと震えさせて見るからにあたふたとした。

さっきはフリードもいたので聞かなかったけど、ずっと気になっていた。

「……な、なんで気になるの？」

「だって、二十年も経ったんだし、二人の関係も変わったりしたのかなって」

幼い頃からずっと一緒にいた二人だ。それに屋敷にきてからのあの会話。

さすがに二人の関係性も変わっているだろうと期待しての質問だ。

既に付き合っていて、ひょっとしたら近いうちに結婚でも考えているのかもしれない。

「私も進展があるのか気になりますね」

「……ルミナリエまで」

こういったところではルーちゃんも女の子なのか、好奇の視線を向けた。

やっぱり、女子で集まると恋バナが定番だ。

ルーちゃんは剣一筋でまったくそんな素振りは見せないし、私はそもそも二十年結晶の中にいたので、浮いた話があるはずもない。

リリスは仕事に邁進《まいしん》しており、サレンは既に家族持ち。

私の周りには甘酸っぱい恋をしている女性がいなかった。

だから、今まさに甘酸っぱさを漂わせているミオの動向が気になる。

私とルーちゃんがジーッと視線を注ぎ続けると、やがてミオは根負けしたのか口を開いた。

「……な、なにも変わってない」

「え？　恋人でもないの？」

「……違う」

驚きのあまり思わず声を上げると、ミオが小さく零《こぼ》すように答えた。

「お二人の仲の良さから内縁関係にはあると思っていたので意外ですね」

これにはルーちゃんも驚きの様子だ。

「……そ、そもそも、フリードが私のことを好きかどうか……」

「あの様子を見れば、絶対好きだよ！」

「……そうかな？」

ミオを見守るフリードの視線には明らかに護衛以上のものがある。

傍から見れば、そんなことは丸わかりなのであるが、本人はまったく気付いていないようだ。

ミオもフリードに好意はあるみたいだが、まったく想いを口にしていない様子。

まさか、ここまで変化がないというのは驚きだった。

だって二十年だよ？　明らかにお互いに好き合っているのになにも進歩がないなんて。二人ともどれだけ奥手なのか。

「ずっと傍に異性がいるのに、まだそんな段階だなんて……」

「ソフィア様、そのお言葉はご自分にも跳ね返ってきますよ」

ルーちゃんがナイフのように鋭い言葉をかけてくる。

長い時間ではなかったが男性三人、女性一人。そんな勇者パーティーであったが、何も甘酸っぱいことはなかった。

ランダンは剣や冒険のことばっかりだし、セルビスは今よりも尖っていて魔法にしか興味がなかった。アークは世界を代表する勇者で、王族やら貴族からモテモテ。というか、私なんか相手にされるはずもない。

「あ、あの時は世界の危機だったから」

などと弁明してみせるもまるで説得力はなかった。

私もミオのことをとやかく言う権利はなかったのである。

「まあ、人にはそれぞれのペースがありますからね」

「それもそうだね」

私はそれ以上の追及はやめて、纏めるようなルーちゃんの台詞に深く頷いたのだった。

第二十六話　やっぱり人見知り

翌朝、響いてくる乾いた音で目を覚ました。

「……うん？」

外の音が気になって、ベッドからむくりと身体を起こす。

同じベッドにいるミオはまだ寝息を立てていたので、起こさないようにベッドから這い出る。

カーテンを少し開けると、中庭ではルーちゃんとフリードが木剣で打ち合い稽古をしていた。

早起きしていきなり稽古とは二人ともとても元気だな。

二人の場所が入れ替わり、舞でも踊るかのように剣が合わさる。

洗練された動きというのは、素人が見ても美しいと感じられた。

「……ん、んん、ソフィア？」

二人の打ち合い稽古を眺めていると、窓から差し込む光で起きてしまったのだろう、ミオが瞼を擦りながら上体だけを起こす。

まだハッキリと意識が覚醒していないのだろう。

ストレートの黒髪は寝癖がついており、瞳は焦点が合ってないかのようにぼんやりしている。

私も朝には強い方ではないが、ミオは私よりも弱いようだ。

「ごめんね、起こしちゃったね」

「……この音、なに？」

「ルーちゃんとフリードが中庭で稽古してるみたい」

「……フリードが？」

「私は見に行くけど、ミオはもう少し寝てる？」

「……私も見る」

尋ねると、ミオはかぶりを振った。

そういうわけで私とミオは寝室を出て、中庭に面した廊下の縁に腰をかける。

すると、後ろからスッとエステルがやってきた。

『おはようございます、ソフィア様、ミオ様』

「おはよう、エステル」

「……おはよう」

今日もとても元気のいい笑顔である。朝から元気を貰える思いだ。

「エステルはレイスなのに朝から元気だよね」

「……確かに」

人間である私とミオよりも、よっぽどシャキッとしている。

『最初は日の出ているうちはしんどかったんですが、少しずつ慣らしていると平気になりました』

二十年も暮らしているうちに耐性がついたのだろう。

高位のアンデッドの中には、最初から同じような耐性を備えているものもいるので珍しいことではない。

『それに今は新しいご主人様にお仕えすることができて嬉しいんです。朝だからといって休んでいるわけにはいきませんから』

「エステル……」

頬を掻きながら健気《けなげ》な笑みを浮かべるエステルがとても尊い。

『え、えっと、ホットミルクをどうぞ！』

「ありがとう」

自分で言って少し恥ずかしくなってしまったのだろう。エステルが照れを誤魔化すようにマグカップを差し出してくれた。

ちょうど目覚めの一杯が欲しかったところなので、私とミオは有難く受け取る。

マグカップがじんわりと手を温めてくれるのを感じながら、チビチビとミルクを口に含む。温かく柔らかなミルクの味が、起きたばかりの胃に優しく染み渡る。

そして、私たちの視線の先には木剣を交わしているルーちゃんとフリードの姿が。

先ほどから絶えることなく乾いた剣戟《けんげき》の音が響き渡っている。

「ルーちゃんとフリード、どっちが強いんだろう？」

「……フリードに決まってる」

などとなんとなしに呟くと、ミオが力強く断言した。

自信満々な一言に、私の中の闘志が湧き上がる。

「いいや、ルーちゃんだね」

自分のパートナーを務める聖騎士だ。

やっぱり、自分の聖騎士ほど強くあってほしいと願うのは当然だった。

ミオと私の視線がぶつかって火花を散らした。

内気で気弱なミオであっても、ここは譲れないらしい。

「ルーちゃん、頑張って！」

「……フリード、負けたらダメ」

私が応援の声を上げると、ミオもすかさず声を張り上げた。

木剣を打ち合わせていたルーちゃんはチラッと視線を向けただけ。

しかし、フリードは私たちの声援を聞いて大いに動揺していた様子。

「隙あり！」

それをルーちゃんが見逃すはずもなく、フリードの木剣を飛ばして首元に木剣を突きつけた。

「やったー！　ルーちゃんの勝利だ！」

私がどうだとばかりに喜んでいると、ミオがしゅんとしていた。

「……フリード、油断した？」

「いや、そういうわけじゃない」

ミオの口調からしてかなり不満そうだ。

ミオの問いにフリードは珍しく答えづらそうにしている。

「確かに直前までは互角だったのに、急に崩れて負けたよね。私たちの声が邪魔だったのかな？」

「剣を打ち合わせている中、その程度で気を抜いたりはしませんよ」

などと首を捻《ひね》っていると、戻ってきたルーちゃんが冷静に答えた。

「フリードの動きが悪くなった要因は他にあります」

「それは？」

気が散ってしまったことが原因でなければ、他に何の要因があったというのだろう。

「お二人の格好です」

「私たちの格好？」

「寝間着のまま着替えずにやってきましたね？　あまり薄着のまま男性の前に出るのは良くないかと思います」

ルーちゃんに言われて自分の姿を見下ろしてみる。

昨日は結構暖かかったので薄手のネグリジェのようなもので就寝した。

一応、羽織《はおり》もあるがそれなりに露出があるのは確かだった。

「……フリードのえっち」

「くっ、違う！　違うんだ！」

ミオが顔を真っ赤にして小さく言うと、フリードは必死に否定した。が、否定しきれない心があったのか後半の言葉は尻すぼみになっていた。

「とりあえず、着替えようか」

「……うん」

◆

「……勝負は仕切り直し。もう一度、ちゃんと勝負して」

着替えて中庭に戻ってくるなり、ミオはしっかりとした声音で告げた。

どうやら先ほどの決着が納得いかず、仕切り直しをさせようとしているみたいだ。

「私は構いませんよ」

「よし、望むところだ」

ルーちゃんはそれを冷静な態度で受け止め、フリードは汚名返上とばかりに燃えていた。

「おうおう！　楽しそうなことやってるじゃねえか！　俺も交ぜてくれよ！」

「ランダン様⁉」

やる気満々で位置に付こうとしていた二人だが、そこに割って入る陽気なおじさんがいた。

ランダンだけでなく、後ろにはアークやセルビスも付いてきている。

早起きなおじさんたちだ。また遊びにきてくれたらしい。

ランダンは鞘に入ったままの大剣を手にすると、そのままルーちゃんやフリードに襲いかかった。とんでもなく好戦的だ。

どうやらルーちゃんとフリードの決着はまたの機会になりそうだ。

騒がしくなった中庭から視線を外すと、アークとセルビスがこちらにやってくる。

「おや、ミオじゃないか。オルドレッドの守護についていたと聞いたけど、こっちに戻ってきていたんだ？」

「……はぃ」

アークが声をかけると、ミオがギリギリ聞き取れるかどうかの小さな声で返事する。

私の傍にやってきて必死に袖を握ってくる。なにこの生き物可愛いんだけど。

「フリードの言っていた通り、私たち以外には喋れないいんだ」

「これでも大分マシになった方だよ。昔は声をかけても、誰かの背中に隠れて返事してくれなかったから」

苦笑しながらのアークの言葉にふんふんと頷くミオ。

これでもミオ的にはかなり前進しているらしい。前が返事なしだとすれば、確かな前進だといえるだろう。

「……セルビス様が睨《にら》んでくる。私、なにかした？」

「あれは別に睨んでいるわけじゃないよ。日頃から眉間にしわを寄せ過ぎて、あんな顔になっちゃったんだ」

「変な言い方をするな」

セルビスは視線が鋭いのでいつもそんな風に勘違いされやすぃ。

私の言葉を聞いて、セルビスはフンと鼻息を鳴らした。

傍から見ると気分を害したかのように見えるが、これが彼の平常運転だ。

「アークとセルビスも今日はどうしたの？　時間ができたから遊びにきてくれた？」

「そんなわけあるか」

とか言いながら、自然な手つきでお土産をエステルに渡しているセルビス。

今日もお菓子とか入っていてくつろぐ気が満々なんだけど。

「ちょっと、色々と話があってね。ウルガリンについて詳しく聞かせてもらおうかな」

「……はい」

爽やかな笑みを見せるアークであるが、肩に乗せられた手にはしっかりと力がこもっていた。

第二十七話　結晶を使ったポーション

「詳しい話をしてくれるかな？　メアリーゼから手紙は届いたのだけど、かなり忙しいみたいで要領を得なかったからね」

リビングのソファーに腰を据えるなり、アークから質問された。

どうやらメアリーゼから聞いたけど、詳細までは聞いていないらしい。それで細かいところは本人に聞けと言われてやってきたようだ。

プレッシャーを感じる表情を向けられながら、私はウルガリン奪還についての詳細を話した。

聞き終わるなりセルビスが大きくため息をついた。

「まったく、魔神について調査中だというのに……今ではそっちの事件のせいで大混乱だぞ」

「ご、ごめんなさい」

それについてはメアリーゼやエクレールにも怒られた。

自分が必死に調査しているのに、このような出来事を起こされれば混乱する。

セルビスが憤慨するのも当然だった。もう少し考えて行動するべきだったね。

「まあ、メアリーゼやエクレールにも怒られて反省しているようだし、ソフィアを責めるのはやめよう。魔神の脅威が迫っている中、僕たち人類の領土が増えるのはいいことだしね」

アークがそのように宥《なだ》めると、セルビスが眼鏡を持ち上げて口を結んだ。

とりあえず、詳細な経緯を知れて納得はしたらしい。

「それよりも、ウルガリンを浄化した際に何か異変はなかったかい？」

「ううん、これといっては何もなかったかな？　仮にあったとしても、私は二十年前としか比較できないから」

私も細かな異変を感じ取れないかと思って外に出てみたが、これといった変化はないように思えた。

「そうか。わかった。後でルミナリエにも聞いてみるよ」

ルーちゃんも大きな反応はしていなかったが、彼女の話を聞いていて何かが見えてくることがあるかもしれない。多角的に情報を仕入れるのはいいことだ。

「くっ、くそ！　相変わらずの馬鹿力め」

「まだ一太刀も浴びせることができませんか……」

「ハハハ！　お前たちは剣筋が綺麗過ぎる。もっと、型にはまらねえ戦い方をしねえとな！」

ウルガリンについての話がひと段落すると、フリード、ルーちゃん、ランダン、ミオが戻ってきた。

フリードとルーちゃんは何度も転がされて稽古服が汚れているが、ランダンの身体には土一つついていない様子だった。

二人がかりで挑んでいたのを横目で見たけど、まるで相手にならなかったらしい。

私の聖騎士であるルーちゃんでも、一太刀も当てられないとは。

まだまだ地力や実戦経験で大きな差があるようだ。

「ソフィア！　朝食はもう食ったか？」

「いんや、まだだよー。ランダンも食べる？」

「おう！　今日も飯を食ってなくてな！　食わせてくれ！」

お腹を擦りながら何故か誇らしげに言うランダン。

別にいいんだけど普通に家で食べてきなよ。

「アークとセルビスは？」

「僕たちは食べてきたからおかまいなく」

『かしこまりました。では、お飲み物をお出しいたしますね』

エステルが厨房へと移動し、朝食の準備を進めていく。

「一気に騒がしくなったな」

そんな様子を眺めてセルビスが呟いたが、その表情は柔らかいものだった。

◆

朝食を食べ終わると、ランダン、フリード、ルーちゃんは再び中庭での稽古に戻り、ミオもそれを見学するために移動した。

どうやらランダンにリベンジするつもりらしい。

この間は朝食を食べてすぐに仕事に戻ってしまったのだが、今日は時間に余裕があるようだ。

それはアークやセルビスも同じらしく、帰る素振りを見せずにリビングに居座っていた。

今日はこのまま屋敷でまったりかな。などと思って、床を這いずっていたスライムを抱えあげる。

プルッとした柔らかな体がとても気持ちがいい。ギューッとすると弾力のようなものがあって、僅かに反発してくるのも素晴らしい。

手触りもすべすべでずっと触っていたくなる心地好さだ。

「そのスライムはペットかい？」

私が膝の上でスライムを抱いていると、紅茶を口にしていたアークが尋ねてくる。

「うん、ウルガリンを奪還した帰り道で懐かれてね。可愛いから飼うことにしたんだ」

「……昔からソフィアは何でも拾ってきていたな」

「そうだね。困っている人だけでなく、高位の魔物やら動物まで拾ってきていたよね」

「ちょっと、私は犬じゃないんだけど……」

二人の物言いに抗議すると、アークは笑った。

「そういえば、今日はソフィアに見せたいものがあるんだけどいいかな？」

なんだか露骨に話題を逸らされた感じがするが、そのように言われれば頷かざるを得ない。

アークがセルビスに視線を送ると、彼は懐から一本の瓶を取り出してテーブルに置いた。

中には琥珀《こはく》色の液体が入っている。

「治癒ポーション？」

治癒ポーションとは聖魔法使いと錬金術師が協力することによってできる、薬効のある回復アイテムである。

聖魔法以外で唯一怪我を治癒させることができる道具だが、作り上げるコストが非常に高いので安価に入手できるものではないのが難点だ。

聖女や見習いの数を合わせても大量生産することはできず、未だに高価なままだと聞いている。

「だけど、色が違うね？」

聖力や魔力を温存するために治癒ポーションのお世話になったことはあったが、私の知っているものとは色が違った。

通常の治癒ポーションは翡翠色をしているのであるが、目の前のものは琥珀色をしている。

「そうだ。見ての通り、これはただの治癒ポーションではない」

「じゃあ、どんなポーションなの？」

私がそのように尋ねると、セルビスが待ってましたと言わんばかりの顔だ。

自分の成果を語りたくて仕方がないって様子。普段はクールっぽい振る舞いだけど、こういうところが微笑ましい。

「これは従来の治癒ポーションの力を大幅に上回るだけでなく、浄化効果もあるポーションなのだ」

「ええっ⁉　なにそれ！　すごい！　どうやってそんなもの作ったの⁉」

治癒はまだしも、浄化までできるポーションだなんて聞いたことがない。

「ソフィアの結晶を材料にして作った」

「私の結晶？」

ごとりとアブレシアの地下で見た水晶を置くセルビス。

詳しく聞いてみると、研究用に採取してくれた私の結晶を混ぜて試行錯誤してみたところ、このような代物ができたらしい。

「怪我が治癒されるってことは誰かに使ったんだよね？」

「ああ、実験にな。俺も実際に飲んだ」

「ええ⁉　なんか嫌だ！」

「どういう意味だ？」

「だって、それ私の結晶からできたものでしょ？」

その結晶は私の聖力と魔力が合わさってできたものだ。つまり、私の身体から放出されたものなのだ。それを他人が口にするって、なんか気持ち悪いし、恥ずかしい。

「俺は気にしない」

「私は気にするよ！」

「変な奴だな。大体、その杖や聖女服も結晶を使っているだろうに」

「それを自分で身に纏うのと他人に飲ませるのとでは大分違うって！」

私がそのように主張をするもセルビスは、まったく理解できないというような表情。

彼は探究以外のことはどうでもいいらしい。

「まあまあ、これは実験品だし、注目するべきは浄化の方だから」

「う、うん。それもそうだね」

アークに宥められて私はひとまず落ち着きを取り戻す。

そのポーションをどのように運用するかはしらないが、まだ試験品だ。

最後まで説明は聞くべきだろう。

第二十八話　スラリンの変化

私のポーションの服用についての感情はひとまず脇に置いて、ポーションの浄化について尋ねることにした。

「確かそのポーションは浄化もできるんだったよね？」

「実際に汚染区域に赴いて使用した結果、それなりの範囲を浄化することができた。どの程度の強さの瘴気や、どのくらいの範囲まで浄化できるのかはまだ不明で検証の余地はあるが、瘴気に侵されていた大地が蘇ったのは確かだ」

「じゃあ、それをたくさん作ることができれば、汚染区域を取り戻すことができるんじゃ！」

「さすがにそれは難しいだろうね。このポーションがどこまで通用するかあやふやだし、原料となる結晶も有限だから」

「そ、そっか」

思わず興奮して口にした私の言葉であるが、アークの冷静な意見で我に返る。

ポーションを汚染区域に散布してあっという間に浄化し、次々と大地を取り戻す。

なんて希望を抱いていたが、そもそも原料になっているのは私の結晶だ。

それは有限であり、世界にある汚染区域を浄化できるほどの量は到底賄うことはできないだろう。

「ごめんね。落ち込ませるようなことを言って……」

「ううん、私の考えが足りなかっただけだから」

私が勝手に期待して落ち込んだだけだ。アークがそんな風に謝る必要はない。

「これさえ量産できれば、ソフィアをはじめとする聖女の負担が大きく軽減できるんだけど」

申し訳なさそうな表情で呟くアーク。

対面にいるセルビスもわかりづらいがしょんぼりとしている感じがする。

魔王を倒してからもアークやセルビスは、人類の発展のために必死に頑張ってくれた。

取り分け、アークは私のような犠牲者を多く出さないためにも聖女の育成や補助には力を入れてくれたという。

聖女にかかる重圧の解消を望んでいるのは、私だけじゃなかった。

その気持ちが痛いほどに伝わってきて、心が温かくなる。

「そんなに苦しそうな顔しないでよ。アークやセルビスのお陰で世界は安定しているし、助かっている人も大勢いるんだから」

「……ありがとう、ソフィア」

励ますように背中を叩くと、アークは若干泣きそうな顔になりながらも笑ってくれた。

「私たちのできるペースで確実に前に進んでいこう」

「そうだね」

「ということは、このポーションの運用については問題ないというわけだな？　なにせこれさえあれば、助かる人は大いに増えるだろうしな」

一連の会話を聞いて、セルビスがニヤリと笑った。

「う、うう、うん」

あんな風に言った手前、やっぱり恥ずかしいからダメなどと言うことはできない。

しばし感情との葛藤があったが、私は渋々ながら頷いた。

すると、セルビスが満足そうな顔で笑う。

くっ、私たちの感動的な会話をそんな風に利用するなんて。

ぐぬぬぬと腹黒眼鏡の顔を見て歯噛《はが》みしていると、膝の上に乗っていたスライムがずいずいと動き出した。

「はー、スラリンを撫でていると心が安らぐー」

「スラリン？」

「今、考えたこの子の名前」

「キュロスの名づけといい安直だな」

「ほっといて！　呼びやすいのがいいんだよ！　ねー、スラリン」

スラリンに言い聞かせるように呟くが、当の本人は気にした風もなく膝の上を進んでいく。

なにか気になるものでもあるのだろうか。

撫でるのをやめて解放すると、スラリンは粘着質な体を利用してテーブルに移った。

それから結晶のところへうじうじと近づいていく。

結晶の傍にやってくるとスラリンはそれをジーッと見上げた。

「どうしたの？　結晶が珍しいのかな？」

などと微笑ましく眺めていると、突如スラリンが結晶を呑み込んだ。

「ああっ⁉　ソフィアの貴重な結晶がっ⁉」

これには何となしに眺めていたアークやセルビスも激しく動揺している。

杖や聖女服といったものの材料にできるだけでなく、貴重なポーションの材料にもなる結晶だ。

その貴重さを再認識した後に、スラリンの餌になるのは何とも勿体《もったい》ない。

雑食だとは知っていたが、まさかこれを好んで丸呑みするとは予想外だ。

「こら、スラリン！　ぺってしなさい！　ほら、ぺって！」

思わず抱き上げてスラリンの背中？を叩いて吐き出させようとするが、一向に吐き出す気配がない。

「直接、手をねじ込んで取り出せ！」

セルビスに言われて、荒っぽくも手をねじ込んでみる。

「あ、あれ？　なんかガッチリと固定されていて取れない！」

結晶に触れることはできるのであるが、ガッチリと内部でホールドされていてまったく動かない。スラリンからこれは絶対に渡さないというような強い意思を感じる。

「餌もちゃんと与えているし、傍にはお茶菓子だってあるのに！」

よりによって、どうしてこんな硬そうなものを食べようとしているのかわからない。もっと他にいい餌がたくさんあるよね⁉

「どけ、ソフィア。俺が魔法で焼いてやる」

「やめて！　拾って名前までつけたところなのに殺しちゃうなんてあんまりだよ！」

躊躇《ちゅうちょ》なくそのようなことを言うセルビスから守るように、私は身体で覆うようにスラリンを守る。

確かにそれが確実かもしれないけど、名前をつけたばかりのペットが可哀想だ。

「おい、貴重な結晶とスライム一匹の価値だ。比べるまでもないだろ」

「それでも嫌だ！」

セルビスの言葉に私は駄々をこねるように反対する。

アークもセルビスと同じ気持ちなのか、いつものようにとりなしてくれることはない。

まだ一緒に過ごした時間はそれほどでもないけど、疲れた時に撫でさせてもらって癒《いや》された。枕代わりにして一緒に眠ったりもした。

そして、なによりこれだけ懐かれれば情も湧くというものだ。

貴重な結晶のためとはいえ、可愛らしいスラリンを殺したくなんかない。

必死になってスラリンを抱きしめていると、突如として腕の中が光り出した。

「スラリン……？」

光っているのは腕の中にいるスラリンだ。

正確には体内にある私の結晶が強く輝いている。

結晶は徐々に溶け出すかのように小さくなり、やがて体内から消失。

光が消え去る頃には、ライム色をしたスラリンが残っていた。

「結晶が消えて色が変わった？」

セルビスが呆然と呟いた通り、キューとロスカのようにスライムの色が変わった。

「それだけじゃない、聖力も帯びている」

「本当だ」

キューとロスカの変化と同じように、色が変わっただけでなく聖力も宿っていた。

とはいえ、前例があったので、戸惑いこそしたものの私は落ち着いていた。

「また私に影響されたのかな？」

「またって、どういうことだい？」

ウルガリン奪還の経緯については話したが、キューとロスカの色が変わったことについては二人に話していなかったな。

戸惑った様子の二人に、スラリンだけでなくキューとロスカにも同じ変化があったことを告げる。

「ほら、窓から見えるでしょ？」

ちょうど庭で優雅に散歩をしているキューとロスカを指さす。

教会本部ではキュロス舎から出歩かせるわけにはいかなかったが、ここは私の屋敷なので自由に敷地を歩かせている。

勿論、二匹はとてもお利口さんなので、勝手に屋敷の中に入ってきたり、外に出たりはしない。

「本当だ。体毛の色が見たことのない色だし、聖力も帯びている」

これにはアークも驚愕している。

自らがプレゼントしたキュロスが、あんなにも色違いになっていたら驚くのも当然だろう。

そんな中、セルビスは酷く真面目な表情でこちらに振り返る。

「お前の身体を調べたい。一度、俺の研究室にこないか？」

「絶対嫌だよ」

これまで生きてきた中で最低の誘い文句を聞いた。

セルビスの研究室で身体を調べるなんて、一生のお願いくらい信じられない。

身体のすみずみまで調べられて、とんでもない目に遭いそうだ。

「ちっ、後でキュロスの毛でも採取しておくか」

「落ちてる毛だけだからね！　無理矢理抜いたらダメだよ？」

「わかってる」

ぼそりと呟くセルビスにきちんと釘《くぎ》を刺しておく。

放っておくと勝手にキュロス舎に忍び込んで無理矢理採取しそうで怖いから。

第二十九話　ソフィアポーション？

セルビスが外にいるキューとロスカを観察してブツブツ呟く中、アークが口を開いた。

「スライムを触ってみてもいいかい？」

「いいよ」

セルビスと違ってシンプルな好奇心というのがわかるので快く返事する。

すると、アークは手を伸ばしてスラリンを優しく撫でた。

「久し振りにスライムを撫でてみたけど、手触りがいいね。育てる手間もほとんどかからないって聞くし、うちでも飼ってみようかな」

「飼うべき！　きっと、家族の皆も喜ぶはずだよ！」

「リアスとも相談して前向きに検討しようかな」

などとアークが考えながら撫でていると、スラリンが蠢いて手に纏《まと》わり出した。

「はは、僕の手はご飯じゃないんだけどなぁ」

じゃれついていると思っているアークであるが、なんだかそうじゃない気がする。

まるで私の結晶を呑み込んだ時のような意思を感じた。

注意深く観察していると、アークの指にあった切り傷がスッと無くなった。

「あっ！　アークの指の切り傷が消えた！」

「本当だ。書類で切った傷が無くなっている。一体、どうして？」

スラリンから手を離し、まじまじと己の指を見つめるアーク。

「傷が塞がっていくのが見えたけど、まさかスラリンが治癒してくれた？」

「聖力を宿していることだし、あり得ないことではないね」

などと考察していると、傍で様子を見ていたセルビスが突然ナイフを取り出す。

それから自分の手をサッと斬り付けて、傷を作ってみせた。

血が滴り落ちないようにハンカチで拭ってくれているが、それなりに大きな傷だ。

「ちょっと、セルビス⁉」

「今のではわかりにくい。もっと詳しい様子が見たい」

ハッキリ見たいのはわかるけど、やるなら一声かけてほしい。

流れるように自傷されると、傍にいる私たちとしては堪《たま》ったものじゃない。

セルビスが傷をつくった手を差し出すと、スラリンはその怪我を覆うように纏わりついた。

そのまま観察していると、傷口が小さくなっていった。

アークの時と違って、傷口が大きいのでハッキリとそれがわかる。

まるで聖魔法で治癒をかけている時のようである。

「どうやら少しの怪我なら治すことができるようだな。興味深い生態だ」

深い笑みを浮かべながら治癒していく傷口を見つめるセルビス。

完全にマッドな研究者だ。

「結晶を呑まれたのは痛かったけど、結果としてすごいスライムが生まれたからいいよね？」

「あ、ああ。このスライムの能力がどれほどのものかはわからないけど、もしかしたら今後大きな力になってくれるかもしれないしね」

うちのペットが希少な結晶を呑み込んでしまって申し訳なかったが、結果として新しい力と発見を得ることができたのなら大いにプラスだと思う。

などと喜んでいると、アークが妙な言葉を口走る。

「場合によってはソフィアポーションよりも大きな期待ができるかも」

今、変な単語が聞こえた。

「ちょっとアーク。ソフィアポーションってなに？」

「え？　このポーションのことだけど？　原料はソフィアの結晶だし、治癒と浄化という奇跡を体現した画期的なポーションだから、いい名前だと思うんだけど」

「却下！　普通に浄化ポーションでいい！」

ただでさえ、恥ずかしい銅像とか劇とか色々あるんだ。これ以上、変な名称のものは増やさないでほしい。

断固とした態度で却下すると、アークはしょんぼりとした。

◆

「なるほど、私たちが稽古している間にそんな事があったのですね」

稽古が終わるなり、リビングに戻ってきたルーちゃん、フリード、ミオに私は先ほどの出来事を語った。

ちなみにランダンを含めて、アークやセルビスは帰っている。

ウルガリン奪還による魔神の調査の調整や、浄化ポーションなどについて色々と調べたいらしい。私のせいで色々と忙しくさせてしまって申し訳ない思いだ。

「……ソフィアの結晶を原料にしたポーション。ソフィアポーション」

「違うよ、ミオ。それは浄化ポーションだからね？」

まじまじとポーションを見つめながら、間違った言葉を呟くミオを窘《たしな》める。

アークと同じ名称で呼んでいる。本当にその名前で定着しそうになるのでやめてほしい。

「まさか、キュロスだけでなくスライムまで聖力を帯びるとは……にしても、昔から思っていたが、ソフィアはちょっと目を離すと色々な出来事を引き起こすな」

「一見して普通の人に見えますが、歴代の聖女の中でも随一のトラブルメーカーですから」

「……わかる」

「ええっ⁉」

神妙な表情で意気投合してみせるミオ、フリード、ルーちゃん。

思っていたよりも辛辣な評価に聞いていた私は驚愕せざるを得ない。

私って、そんな評価をされていたのだろうか。納得いかないけど、ここ最近は特に色々と起こしているので何も言えなかった。

「さて、ミオ。俺たちもそろそろ帰るとしよう」

なんともいえない空気が漂う中、フリードがそう言って立ち上がった。

教会の墓地で再会してから、勢いで屋敷に連れ込んで泊まらせてしまった。

まだ王都に戻ってきて間もないことだし、教会本部に顔を出して今後の予定やら仕事やらを尋ねる必要があるだろう。ずっとここで遊んでいるわけにもいかない。

フリードのそんな言葉を耳にしたミオは不安そうな顔をしていた。

「大丈夫。また急にいなくなったりしないから。基本的にこの屋敷にいるから、暇になったらいつでも遊びにきて」

「……うん、わかった」

そう言ってミオの頭を撫でると、彼女は嬉しそうに笑って抱き着いてきた。

前回はお別れを言うこともできなかったけど、こうして目覚めた今では違う。

いつでも会って喋ることができるのだ。だから、お別れを過剰に寂しがる必要はない。

「ルミナリエ、次こそは決着をつけるぞ」

「いいでしょう。次は鼻の下を伸ばさないようにすることですね」

「べ、別に鼻の下など伸ばしていない！　変なことを言うな！」

私たちが挨拶を済ませると、フリードとルーちゃんがそんな言葉を交わしていた。

同期の聖騎士だけあってかこちらも非常に仲がいい。

フリードがきてからルーちゃんも気合が入っている様子なので、このまま互いを高め合えるような良き関係を維持してほしいものだ。

「それじゃあ、世話になった」

「……またくる」

ひとしきり挨拶が終わると、フリードとミオは屋敷を去っていった。

二人の姿が見えなくなると私はルーちゃんの方に向き直って、両手を広げる。

「さあ、ルーちゃん。今日は私に甘えてもいいよ！」

「いきなりどうしました？」

「昨日、今日はミオに構いっぱなしだったから、ルーちゃんが寂しかったかなーって思って」

「……別にそのようなことはありません」

私がそのように言ってみせると、ルーちゃんはプイッと顔を背けて屋敷へ戻る。

「えー？　うそー？　本当に寂しくなかった？」

「私はそのような子供ではありませんから」

などと言い張るルーちゃんであったが、夜は同じベッドで眠ってくれた。

ミオも可愛いけど、やっぱりうちの聖騎士が一番可愛い。

第三十話　治癒の許し

「ソフィア、治癒院に行くぞ」

ウルガリン奪還事件から活動を自粛して屋敷でのんびりとしていると、セルビスが押しかけてきてそんなことを言った。

――治癒院。

それは聖女や見習い聖女が常駐して人々の治癒や浄化、解呪《かいじゅ》をする医療施設である。

勿論、教会本部や支部でも治癒はしてくれるが、人口の多い街などでは追い付かないために専門の医療施設としていくつも設立されている。

当然、王都のような大きな街にはいくつもの治癒院があった。

「急にどうしたのセルビス？　怪我したのなら私が治してあげるけど？」

怪我をしたのならば教会、あるいは治癒院に駆け込むのが普通であるが、ここにいるのは一応大聖女だ。別にそんなところに行かなくても大抵の怪我は治せる自信がある。

「俺は怪我などしていない」

「じゃあ、なんで治癒院に向かうの？」

「そのスライムのデータをとるためだ」

首を傾げると、セルビスはソファーに鎮座しているスラリンを指さした。

「スラリンの?」

「そのスライムが、どこまでの怪我ならば治癒できるのか。あるいは聖女と違って聖力や魔力を消費することなく、治癒し続けることができるのか検証したい」

「なるほど！　もし、スラリンみたいな治癒能力をもったスライムが今後も生まれれば、治癒院は大助かりだし、聖女不足の解消の一助にもなるしね！」

「う、うむ、それもそうだな」

あっ、この歯切れの悪い反応はそこまで考えての提案ではないようだ。

ただ目の前にある未知の存在に対する探究心のような気がする。

「そういうわけで治癒院に行くぞ！」

私がジットリとした視線を向けると、セルビスが誤魔化すかのように言う。

しかし、それに待ったをかけたのがルーちゃんだ。

「お待ちください、セルビス様。教会の者に声をかけていますでしょうか？　治癒院という場所の性質上、セルビス様といえど突然の来訪は歓迎されないものとなります」

「治癒院はいつも忙しいしね」

それに治癒院は人の生死に関わる仕事だけあって、勤務している人たちも真面目だ。

いくらセルビスであろうと部外者が入り込むことは難しい。

聖女ということになっている私でも、公的な書類がないと難しいだろう。

「む、そうか。では、サクッと許可を貰いにいくぞ」

私たちがそのように言ってみせると、さすがのセルビスも納得してくれたようだ。

というわけで、私たちはスラリンによる治癒の許可を貰うために教会本部に向かうことにした。

◆

キュロス馬車に乗って教会本部にたどり着く。

「うわー、すごい数のキュロス馬車だね」

一昨日のウルガリン奪還があったせいだろう。教会本部にはすごい数のキュロス馬車が並んでいた。

普段管理しているキュロスや馬車の数よりも遥かに多い。きっと色々なところに声をかけて、貸してもらっているのだろう。

「恐らく、ウルガリンに拠点を作るための応援部隊でしょう」

昨日のうちにそれなりの聖女や聖騎士が急遽《きゅうきょ》派遣されたと思うが、防衛都市の大きさを考えると心許ないのだろう。

増援と思われる聖女や聖騎士だけでなく、環境を調べるための研究員や学者なんかも乗り込んでいる。

他にも簡易拠点を建設するための職人や木材をはじめとする資材、食料などがドンドンと積まれてキュロス馬車が出発していく。以前にも増して教会本部は大慌てだ。

そんな忙しそうな光景を横目に見ながら、私たちはいつものようにキューとロスカを預けて中に入る。

慌ただしく見習い聖女や職員、メイドが行き交う中、私は見覚えのある元同僚を見つけた。

「あっ、サレン！」

「今度はどうしたのソフィア？」

受付嬢であるサレンに声をかけると、やや疲れた感じの表情だ。

綺麗な笑みはぎこちなく、どことなくいつもより声が低い。

「大丈夫？　なんだか顔色が悪いけど？」

「誰かさんが急遽防衛都市を奪還してくるものだから、こっちは人員の派遣やら手続きで忙しくてね」

「あうー、ごめんなさい」

などと呑気に聞いたのがいけないのだろう。サレンに捕まって頭をぐりぐりとされてしまった。

そうですよね。あんな出来事があって定時に帰れるわけがないよね。

顔色の悪さと目の下に浮かんだクマから見るに、きっと徹夜に違いない。

「とりあえず、『ヒール』をかけておくね」

このままだと申し訳ないので私はサレンに聖魔法の治癒をかけてあげる。

「『ヒール』って、別に私は怪我をしているわけじゃ——あら？　身体が軽いわね？」

「ちょっと使い方を変えれば肉体的な疲労も癒すことができるんだよ。あくまで応急処置だけどね」

「……ただのヒールでもそんな風に使い分けられるなんてさすがね。ありがとう、ソフィア。大分楽になったわ」

疲労除去のヒールは少し効いたみたいでサレンの顔色は大分マシになっていた。

旦那さんやお子さんもいるんだし倒れたら大変だからね。

「それで今日はどうしたの？　また街を奪還してきたとか言うんだったら、さすがに私もブチ切れるわ」

「さすがに私もそんなことはしないよ」

笑みを浮かべながらサラッと不穏な言葉を漏らすサレン。

疲れがたまっているせいでいつもよりも発言が過激だ。

「今日は治癒院での治癒の許可を貰いたくてね」

「あら、治癒院なら今はどこも手が足りていない状況だから、ソフィアが行けば即戦力として歓迎されるに違いないわ。すぐに手続きを進めてあげるわね」

そのように言うと、サレンが嬉しそうにいそいそと書類を手にする。

二十年前もかなり忙しい職場だったけど、この時代でも忙しいのには変わらない職場のようだ。

サレンがやけに嬉しそうに手続きを進めようとするのが怖い。

「待って。治癒をするにあたって、一つだけ試してみたいことがあるんだけど……」

「試したいことって？」

首を傾げるサレンの前に、抱えていたスラリンをずいっと差し出す。

それを訝《いぶか》しんだサレンだけど、すぐに気付いたようで驚きの表情を露わにした。

「変な色のスライム……だけど、聖力を帯びてる⁉」

「そう！　そして、この子には治癒能力があるんだ」

「えっ、本当に⁉」

「うん」

「……わかったわ。でも、私だけじゃ判断できないからメアリーゼ様に相談しましょう」

さすがにサレンの一存だけでは判断できないようだ。それもそうだよね。

とはいえ、突き返されなかっただけでもこれは大きい。

サレンからそのように言われた私たちは、教会の奥へと進んでメアリーゼの執務室に向かった。

第三十一話　聖女の未来のために

サレンに案内してもらった私たちは、メアリーゼの執務室へ。

いつものようにノックして入室の許可を貰った私たちは、ゾロゾロと室内に入った。

「……おや、今日はセルビスさんもいますね」

「少し邪魔させてもらう」

セルビスを見て物珍しそうな顔をしているメアリーゼ。

その表情はサレンと同じく疲れ気味だ。お年を召しているからか、余計に疲れているように見える。

執務室のテーブルには山積みになった書類がいくつも重なっていた。いつもそれなりの量の書類が積み上がっているのを目にしたが、今回は群を抜いている。

きっと、ウルガリン奪還のせいで色々な決済書類や報告書が必要になっているのだろう。

「ごめんね、私のせいで忙しい思いをさせちゃって」

「いえいえ、これが現場に立つことのできない私の仕事であり頑張りどころですから。気にしないでください」

申し訳なさからそのように言うと、柔らかな表情で述べるメアリーゼ。

ううっ、なんというカッコイイ言葉だろうか。前世の会社の重役たちにはメアリーゼの爪の垢《あか》を煎じて飲んでもらいたい思いだ。

「ちょっと楽になる魔法をかけてあげるね！　『ヒール』」

「ありがとうございます。普段から自分にもかけていましたが、ソフィアの方が遥かに効果が高いですね。さすがです」

「えへへ」

元はメアリーゼもかなり実力のあった聖女だ。そんな彼女から聖魔法を褒められるとやはり嬉しい。

「それで今日はどうされましたか？　労いにきてくれただけというのもありがたい限りですが、セルビスさんもいらっしゃるので違うのでしょう？」

「実は……」

そう尋ねてくるメアリーゼに私はスラリンを見せて、もろもろの説明をした。

すると、メアリーゼは目を丸くして感心したようにスラリンを見つめた。

「なるほど、治癒の能力を持ったスライムが……」

「どうかな？　治癒院で治癒させてみるっていうのは？」

「本当に治癒をする能力があるのですか？」

「私が少し実演してみましょう」

メアリーゼの問いかけにルーちゃんがそう言って前に出る。

自らのナイフを指先に当てると、針で刺したかのような小さな血の雫《しずく》が出てくる。

よかった。セルビスのように無言で大きな傷を作らなくて。

目の前で急に自傷されると本当に怖いから。

ルーちゃんは血の雫が浮かんだ指をスラリンに近付ける。

すると、スラリンがそれを呑み込み、瞬く間に傷口は治癒された。

「聖魔法でもなく、治癒ポーションを使うこともなく治癒ができるとは……ッ！」

これにはメアリーゼも驚いている様子だ。

「しかし、その治癒がどこまで発揮できるのかわからない。このスライムの力を解明し、有効活用することができれば聖女不足の解消の一助にもなるかもしれない。どうかこのスライムでの治癒の許可を貰えないだろうか？」

などと真摯な態度で願い出るセルビス。

その様子を見て私とルーちゃんは詐欺師を見るような視線を向けた。

完全に屋敷で言った私の台詞の丸パクリだ。

ここまで見事にパクられると逆に清々しさすら覚えるから不思議だね。

セルビスの言葉を聞いたメアリーゼはしばらく悩んだ末に、

「本来であれば、治癒院に魔物を連れ込むなど言語道断ではありますが特別に許可いたしましょう」

「本当⁉」

「保守的な考えばかりでは進歩いたしませんからね。このスライムが我々の力になってくれることになれば、将来的に聖女の負担は激減するでしょう。聖魔法を扱う聖女たちの重荷を少しでも下ろしてあげたい。私はそう思いました」

「メアリーゼ、ありがとう！」

「いえいえ、難しいことは私にドンと任せてくれればいいのです。そのために偉くなったようなものですから」

やっぱり、メアリーゼはどれだけ偉くなってもメアリーゼのままだ。

いつも皆のことを考えて行動してくれる。私たち勇者パーティーが魔王を討伐できたのは、彼女のような立派な大人がいたからに違いない。

「それでは治癒院への紹介状を書いておきますね。これを見せて説明すれば、職員も納得してくれるはずです。なにかあったとしても責任は私がとりますから」

「わかった」

大司教ほどの人物が責任を持つと言ってくれた。これほど頼もしい言葉はない。

「その代わりになるのですが、できれば治癒院の治癒も手伝っていただけますか？　なにかといつも苦労している様子なので」

「うん、スラリンの治癒だけでなく、私もお手伝いするね！」

さすがにスラリンのデータ採取だけのために行っては心証もよくないだろうし、元から手伝うつもりであった。

お邪魔させてもらう以上は、それなりに役に立たないとね。

◆

メアリーゼから紹介状を貰った私たちは、教会本部を出て治癒院へと向かう。

「む？　キュロス馬車を使わないのか？」

「治癒院までそう遠くないし、道が入り組んでいるから歩いた方が早いよ」

「そうか。ならいい」

私がそのように説明をすると、セルビスは納得したように頷いて付いてきた。

ここ最近はなにかとキュロス馬車での移動が多かった。たまにはこうやって徒歩で行くのも悪くない。

「ちなみに大司教から紹介された治癒院はどこなんだ？」

「南区にある治癒院だよ」

「王都の治癒院で一番大きく、患者が途絶えないことで有名な治癒院です」

そう、ルーちゃんの言う通り、南区の治癒院は有名だ。

大きな城門の近くに建っているために怪我人が最短ルートで運ばれてくる。

王都の市民だけでなく、王都にやってきた旅人、負傷してしまった冒険者や見習い聖騎士、見習い聖女なんかがごちゃ混ぜになって搬送されてくるので患者が途絶えることがないのだ。

常に生死に関わる治癒をする様は、まるで戦場のようだと例える者もいる。

「ほう、それは良いな」

「なにが⁉」

私とルーちゃんの説明を聞いて、どうしてそんな言葉が出てくるのか不思議だ。

「データになる患者は多いに限る」

「セルビス、不謹慎だよ」

相変わらずセルビスは研究のことになると、周りへの配慮がなくなるな。

治癒院に着いても余計なことを喋らないようにルーちゃんにしっかり見張っていてもらおう。

私がアイコンタクトをすると、ルーちゃんは察してくれたのかしっかりと頷いた。

後ろの魔法使いに空気を読むという機能はきっと無いからね。

そうやってしばらく南下して進むと、石造りの教会が見えてきた。

「あれが南区の治癒院だよ」

「どう見ても教会ではないか？」

「老朽化していた教会を修繕し、そのまま治癒院として使用しているのです」

かつては教会が設置されていたが歳月による劣化によって廃棄された。

昔は治癒院の数も少なく、城門から遠いせいか搬送中に亡くなってしまう怪我人も多かった。

それを憂えたメアリーゼが修繕と一部建て直しを買って出て、でき上がったのがこの治癒院である。

「ほう、実に賢い立ち回りじゃないか」

「でしょう？　メアリーゼはすごいんだよ！」

「お前の大司教自慢は聞き飽きた。それよりも中に入るぞ」

私がメアリーゼの素晴らしさを布教しようとすると、セルビスが素っ気なく言って進み出した。

……セルビスが冷たい。

第三十二話　治癒院長

治癒院の中は清潔感があり、とても広かった。

陽光を取り込めるように大きな窓が設置されており、天井には女神セフィロト様が描かれている。廃棄された教会を修繕して作り直した場所なので、とても馴染み深い雰囲気だ。

それだけであれば穏やかな様子なのであるが、見習い聖女やお手伝いのメイドが忙《せわ》しなく動き回っている。

怪我を負ってしまった患者らしき人々も多く並んでいる。

「すまない、重傷だ！　優先させてくれ！」

入り口にいると後ろから冒険者らしきものが怪我人を背負って入ってくる。

それを察した私たちはすぐに端に寄る。

外で依頼を受けて怪我をしてしまった冒険者だろう。背負われた者はぐったりとしていて、地面に血液を垂らしていた。

声を聞いて見習い聖女が駆けつけてくる。

怪我の様子を看ると、速やかに判断して奥の部屋へと案内した。

「判断が迅速だな」

「怪我人の容態に合わせて調節するのが大事だからね」

そうでなければこれだけの人数を捌くことはできないだろう。

「にしても、この雰囲気が懐かしいや」

「ええ、昔を思い出します」

「あっ、ということはルーちゃんもやったんだ？」

「はい、騎士の稽古とは別の意味で死ぬかと思いました」

「二人ともここで働いていたのか？」

「うん、見習い聖女になって治癒を覚えると、稽古代わりにここに投げ込まれるから」

てっきり私たちの代だけかと思っていたが、ルーちゃんの時も続いていたらしい。

ということは、今ここで駆けずり回っている見習い聖女も、その稽古の一環なのかもしれない。

「実戦で使わせてドンドンと習熟させていくわけか。理に適《かな》っているじゃないか」

それを聞いたセルビスは感心したように頷いている。

確かにそうなんだけど、あまりにも患者が多いのだ。

聖魔法を使い過ぎて、常に魔力欠乏症のような状態で動き回るのはとてもしんどい。

だからといって、自分たちが帰ってしまえばその間にやってきた怪我人は重症化したり、死んだりしちゃうわけで。

ああ、思い出すと当時のブラック時代が蘇るようだ。

あまり深く考えるのはやめよう。

「ひとまず、メアリーゼ様の紹介状を持っていくことにしましょう」

「そうだね」

ここでこうして突っ立っていても邪魔になってしまうだけだ。

速やかに用件を伝えてお手伝いをさせてもらうことにしよう。

ルーちゃんが紹介状を持って受付の人に話をしに行く。

その間、私とセルビスは待機だ。

立場のややこしい私と、宮廷魔導士であるセルビスが行くよりも聖騎士というわかりやすい身分であるルーちゃんの方が話が早いから。

すぐに話はついたようでルーちゃんに呼ばれて、私とセルビスは職員に案内されて奥へ。どうやら治癒院長に会わせてくれるらしい。

かつては礼拝堂として使われていた場所には、順番待ちらしい患者が座っている。

相変わらずこの治癒院に押しかける患者は多いみたいだ。

周りの様子を窺いながら進むと、やがて私たちは奥の応接室に通された。

そこに座っていたのは不機嫌そうな顔をした女性だ。

燃えるような赤い髪に黄色い瞳。

聖女服をだらしなく着崩しており、気だるそうに煙草《たばこ》を口にしている。

「治癒院長ともあろうものが煙草を吸うとは何事ですか」

「うるせえ。そんなこと知ったことか。忙し過ぎてこれでも吸ってないとやってられねえんだよ」

ルーちゃんが咎《とが》めるような声を上げるが、女性は知ったことではないとばかりに煙を吐き出した。その煙を受けて、ルーちゃんが煙たそうにする。

とても敬虔な聖女とは思えない振る舞いと口調だ。

女性は短くなった煙草を口から離すと、荒っぽい手つきで灰皿にぐりぐりとする。

「ったくよ、婆《ばば》からの使いが何の用か知らねえけど、こっちは忙しいんだよ。聖騎士だか誰だか知んねえが用件を早く言ってくれ」

やはり、忙しい治癒院で働いているだけあって余裕がないらしい。

顔を見ると青白くなっており魔力欠乏症になっていることがわかる。あまり眠っていないのだろう、目元にクマも残っていた。

「……もしかしてイザベラ？」

赤い髪に荒っぽい口調や態度。特徴あるそれらは私の記憶に鮮明に残っていた。

「あん？　そうだが、それがどうしたって言うんだよ？」

「私だよ、私！　ソフィア！　この顔を見て、わからない？」

「はぁ？　あたしには聖女の知り合いなんて大して――おわーっ！　ソフィアか⁉」

傍に近づいて顔を見せると、イザベラが目を大きく見開いてイスから転げ落ちた。

「わわっ、大丈夫？」

「なんでソフィアがここにいやがんだ⁉　お前はアブレシアの地下で瘴気を浄化中だろうがっ⁉」

まるで幽霊でも見るような怯えっぷりにこっちも少し傷つく。

だけど、私が目覚めたことを知らなければそのような反応をするのも当然だ。

「公表していないけど、瘴気を浄化して目覚めたんだよ」

「だからって、おまっ、おまっ、顔が……」

パクパクと口を開いたり閉じたりしていたが、イザベラは深呼吸をして立ち上がる。

「ちょっと待て。落ち着きたいから一服させろ」

こちらの返事を聞くこともなく、達観したような表情で煙草に火をつけて咥《くわ》えるイザベラ。

彼女なりに気持ちを落ち着けたいらしい。

「ソフィア様、ここの治癒院長とはお知り合いだったのですか？」

「うん、元同期っていったところかな？」

「元というのはどういう意味だ？」

ルーちゃんの質問に答えると、セルビスが突っ込んだ質問をしてきた。

私が曖昧な答え方をしているのだから、そこは察して突っ込まないでほしいんだけど。

「幼い頃のあたしは、稽古に耐えられなくて逃げ出した逃走組だからな」

どうしたものかと考えていると、煙を吐きながらイザベラが答えた。

イザベラと私は同じ時期に教会本部にやってきた同期だ。

しかし、彼女は三年ほど修練を積んだ末に、突然行方をくらましてしまったのだ。

「それならば私と似ていますね。私は才能が無く、途中で聖騎士へと変わりました」

「どこが一緒なもんか。あたしは稽古に耐えられなくて逃げ出したどうしようもねえ奴だよ。しっかりと稽古を重ねて、自分の手で新しい道を掴み取ったてめえとは違う」

ルーちゃんの言葉を聞いて、吐き捨てるように言うイザベラ。

「でも、イザベラもその服を着てるってことは、今は聖女になったたってことでしょ？　それって全然すごいことじゃん。そんな風に自分を卑下するのはよくないよ」

「ちっ、相変わらずてめえは真っすぐだな。やりにくくてしょうがねえ」

そんな風に言いながら視線を逸らすイザベラ。

ちょっと照れているらしく顔が赤くなっていた。

「色々あったけど、またこうして会うことができて私は嬉しいよ！」

「やめろ、ベタベタするな！」

イザベラに抱き着くと、彼女は慌てた様子で私を引き剝がそうとする。

消毒液と煙草の入り混じった匂いだけど、不思議と臭くは感じなかった。

「えー？　いいじゃん。貴重な同期でしょ？」

「そんな風にじゃれつくような年齢でもねえだろうが――って、てめえ何でそんな若えんだよ。あたしと同い年のはずだろ⁉」

またしてもギョッとしたような顔をするイザベラ。

つっけんどんな態度をしているが表情が豊かで突っ込みがとても鋭い。

「色々と積もる話があるのはわかるが、そろそろ話を進めてくれ。時間は有限だ」

などと懐かしがって笑っていると、セルビスがやや苛立《いらだ》ちを募らせながら言った。

早くスラリンの研究データがとりたくて仕方がないようだ。

「そうだな。てめえらは一体なにしにやってきたんだよ」

「まずはこれを読んで」

私は紹介状とは別の手紙をイザベラに渡した。

第三十三話　ブラックな職場

「……この変わった色のスライムに治癒をさせろねえ」

メアリーゼの手紙を読み終わったイザベラが難しい顔をしながら呟く。

「だ、ダメかな？」

「いいぜ」

「そ、そうだよね。ダメだよね。でも、スラリンの能力はきっと役立つ——」

「人の話聞いてんのか。いいって言ってるだろうが」

「ええっ⁉　いいの⁉」

想像以上に軽い反応に私は戸惑う。

「い、いいの？　こっちから提案してるけど、スラリンは魔物なんだよ？」

「それがどうしたよ？　こっちは見ての通り、寝る暇もねえくらい忙しいんだ。治癒さえできるなら猫の手でも魔物の手でも借りてえくらいさ」

イザベラの思い切りがいいのもあるけど、それと同じくらい忙し過ぎるんだろうな。

「それに何かあったとしても婆が責任とってくれんだろ？」

「う、うん」

「なら、あたしとしちゃ問題ねえよ。好きにやってくれ」

一見して思考を放棄して言ってるように見えるが、先ほどの問いかけには確かな信頼のようなものが見えていた。

イザベラとメアリーゼに何があったのかは知らないけど、互いに信頼しているみたいだ。

「ありがとう。お礼といってはなんだけど私も治癒を手伝うよ」

「本当か？」

私がそう言うと、イザベラが真剣な顔で問いかけてくる。

ただのお手伝い程度だけど、そんな真剣に言われるとビビッてしまう。

「え、あ、うん。そうだけど？」

「よっしゃぁ！　それなら怪我人をひと纏めにするから後でエリアヒールを頼むぜ！」

「うん、わかった」

戸惑いつつも頷くと、イザベラは嬉しそうにガッツポーズをし、出入り口とは別の横にある扉を開けた。

どうやら応接室と控室のようなものが繋がっているらしい。

「おい、お前ら！　怪我人を聖堂に集めろ！　本部からやってきた聖女が纏めて治癒してくれるってよ！　素早く動けば今日は家に帰れるぜ！」

「ほ、本当ですか！　イザベラさん⁉」

「や、やった！　二週間ぶりに家に帰れる！」

「嘘じゃないですよね⁉　嘘だったら教会本部に告発しますからね！」

「ああ、嘘じゃねえよ。他の奴にも声かけてさっさと集めろ」

「「はい！」」

向こうの部屋から聞こえる見習い聖女らしき子たちの声。

その声音を聞くと、かなり嬉しそうであるのがわかった。

繁忙期なのに定時で上がっていいと上司に言われた時の社畜みたい。

二週間も家に帰れていないとか、道理でイザベラがスラリンと共に大歓迎してくれるわけだよ。

それからイザベラはスムーズに動き出して、私たちのための診察室を空けてくれた。

割り振られたのは一般的な診察室。ベッドやテーブル、イスの他に消毒液や包帯、ガーゼといった様々な医療器具が置かれている。

さすがに王都の治癒院だけあって設備も充実しているみたいだ。

私が過去にお手伝いしていた時よりも遥かに良い。

「とりあえず、診察室はここな。準備ができたら待機してるメイドに声をかけてくれ。事前に魔物での治癒を受け入れた奴だけ優先的に割り振る」

「うん、わかった」

どうやら、事前に患者に治癒の方法を説明してくれているようだ。

いちいち患者の許可をとるのは面倒だったので非常に助かる。

私が返事すると、イザベラはにこにことしながらも扉を閉めた。

静かになるとセルビスが思わずといった様子で口を開いた。

「最初とは態度が大違いだな」

「まあ、忙しい時は誰だってああなるよ」

私も前世では社畜という生き物だったのでわかる。

余裕がないと他人に優しくできないものだよね。

イザベラもかなり苦労している様子だ。

「こういった聖女不足を解消するためにも、スラリンには期待だよ」

「ああ、そのためにも詳細なデータをとろう！」

私がスラリンを撫でながら呟くと、セルビスが紙とペンを用意しながら意気揚々と言う。

「どこで調達してきたの、その服？」

「宮廷魔導士のローブでは患者が委縮すると注意されてな。メイドに貰った」

セルビスの服装がいつものローブ姿ではなく、男性看護師が身に纏うような白衣になっている。

スラッとした身体つきでありながら、黒髪に眼鏡といった風貌なので実に似合っていた。ちょっとグッとくるのが悔しい。

「ということはルーちゃんも!?」

セルビスがそのような理由で着替えているのであれば、ルーちゃんも同じような感じで着替えているに違いない！　見習い聖女服か？　それともお手伝いのメイド姿か!?

貴重な光景を目に焼き付けるべく私は期待して振り返る。

「いえ、私は護衛なのでそのままです」

「ええええええ！　なんで⁉」

「なんでと言われても着替える必要がないからです」

「仰々しい鎧や剣を見て、患者が委縮しちゃうかも……」

「治癒院に護衛の聖騎士がいるのはおかしいことではありませんよ。現にここにくるまでに数人いたでしょう？」

「そ、そんなぁ……」

ルーちゃんのコスプレ姿を拝めると思っていたので非常に残念だ。

「可愛らしいルーちゃんの見習い聖女姿やお手伝いメイド姿が見たかった……」

「冗談はほどほどにして、そろそろ患者さんを入れてもらいますよ」

イスに背中を預けながら呆然と呟くと、ルーちゃんが呆れながら外に控えているメイドに声をかけた。

それからほどなくして扉がおずおずとノックされる。

「どうぞ」

返事をすると、扉がガラッと開いて男性が入ってくる。

頭に巻いた白いタオルに薄いシャツ。ダボッとしたズボンからして大工さんのようだ。

イスに座るように促してから私は尋ねる。

「今日はどうされましたか？」

「仕事でとちって刃物が当たっちまってよう」

そう言って右腕に巻いている包帯を見せてくる男性。

真っ白な包帯に血が滲《にじ》んでいる。

「怪我の様子を見るために包帯を解きますね」

応急処置として巻かれた包帯を解いていくと、そこには鋭い刃物で裂かれたかのような切り傷があった。

「スライムを使った治癒をするって聞いたけど、それで本当に治るのか？」

訝しんだ視線を傍らに佇んだスラリンに向ける男性。

事前に説明を受けていたとはいえ、不安なのだろう。

「もし、治らなければ私が聖魔法で治癒しますので問題ありませんよ」

「そ、そうか」

にっこりと笑顔で答えると、男性は安心したように頷いた。

そんなやりとりをしていると、スラリンが男性の腕を見てもどかしそうに蠢く。

やはり、傷口といったものに敏感に反応するようだ。

「では、スラリン――じゃなくて、スライムによる治癒を行いますね」

「あ、ああ」

男性が頷くのを確認して、私はスラリンを持ち上げて右腕に乗せる。

すると、スラリンは体を変形させて右腕を包み込む。

「お、おお」

スラリンに纏わりつかれて戸惑いの声を上げる男性。

どうだろうか？　この傷でもスラリンは治癒させることができるだろうか？

などと思いながら注意深く見つめていると、みるみるうちに傷口が塞がっていく。

やがて傷口が完全に塞がると、スラリンは体を震わせて男性の右腕から離れた。

「傷がなくなった。本当にスライムが怪我を治してくれた」

呆然としている男性の右腕を念入りに触診しながらも確認。

セルビスも驚きの様子で眺めてはペンを走らせている。邪魔だけど詳細なデータ採集のためだから仕方がない。

「問題なく治癒されていますね。とはいえ、失った血はすぐに補填されるわけではないので今日は無理をなさらず、ゆっくりと栄養をとって休んでください」

「あ、ありがとうございます」

未《ま》だ信じられないといった表情をしていた男性だが、我に返るなり立ち上がって診察室を出ていた。

「セルビス、さっきの人の名前とかも控えている？」

「当然だ。あらかじめメイドからリストを貰っている」

「なら経過観察もできるし安心だね」

スラリンの治癒能力がどこまでかわからない以上、経過観察できるようにしておくに越したことはない。

セルビスの様子からしてその辺りも抜かりはないだろう。

「ルーちゃん、次の患者さんを呼んでもらって」

「わかりました」

私がそう頼むと、聖騎士であるルーちゃんが移動する。

颯爽と動き出す姿はいつも通り聖騎士っぽく凛々しいのであるが、診察している感がちょっと薄い。

「やっぱり、メイド服に着替えない？」

「着替えません」

期待を込めた眼差しで提案するが、ルーちゃんはピシャリと断って扉を閉めた。

第三十四話　瘴気患者の浄化

スラリンの治癒能力を使いながら、私たちはやってくる患者を癒していく。

私たちのところにやってくる患者は、スライムによる治癒を受ける代わりに順番を前倒しにしてもらっているため基本的に文句は言わないのでとても楽だ。

「ふむ、小さな傷であればすぐに治癒することができるが、やはり傷が深ければ時間がかかるようだな」

魔物に噛まれた冒険者の足の傷をまじまじと観察するセルビス。

いくつもの砂時計を併用して、治癒にかかる時間も測っているようだ。

「聖女様……」

「すみません、悪気はないので。治癒技術の発展のために少しだけ大目に見てあげてください」

「は、はぁ」

スラリンよりもセルビスに対する苦情の方が多いくらいだ。

セルビスに注意してもやり方が変わらないので、こうやって患者の優しさに甘えるしかない。

やがて治癒が終わると、しっかりと足の様子を確認して送り出した。

「ふー、結構な人数を治癒したね」

患者が出ていくと、私は両腕を上げて伸びをする。

今のところ私が聖魔法で治癒をしているわけではないが、それでも患者と接するには中々に気を遣うものだ。スラリンによる治癒が完全にできているか、しっかりとチェックしないといけないし。

「選別していてもひっきりなしに患者がやってくるので、この治癒院の忙しさが窺えますね」

「まったくだよ」

ここの人たちはこれよりも多い数の患者を毎日捌いているのか。そう考えると、イザベラをはじめとする聖女や見習い聖女の人たちには尊敬の念を抱くばかりだ。

「それにしてもこれだけの数を治癒できるなんてスラリンはすごいね」

既に患者を三十人以上は治癒している。まさか、これだけの数の患者を治癒できるとは思っていなかったので驚きだ。

「ソフィア様、スラリンの体の色が薄くなっていませんか？」

「あれ？　本当だ」

膝の上に乗っているスラリンをよく見ると、若干ではあるが色素が薄くなっているような気がする。綺麗なライム色が色褪せており、心なしか元気がないように思えた。

「……徐々に怪我に対する治癒にかかる時間が長くなっている。疲労しているのかもしれないな」

患者のデータをとっているセルビスが書類を見つめながら険しい顔をしている。

「そうだよね。いくら治癒能力があっても無限に治癒をすることはできないよね」

聖魔法を使う私たちであっても魔力が無くなってしまえば、治癒をすることはできない。

治癒を使い続けたスラリンにも限界がきているのかもしれない。

撫でてみると心なしかスラリンの肌の潤いがなくなっている気がする。

あまり酷使するのは可哀想だ。

「ソフィア、このスライムに聖魔力を与えてみてはどうだ？」

スラリンの治癒はここまでにしようと思っていたが、セルビスがそんなことを言い出した。

「え？　スラリンに？」

「このスライムは、お前の結晶を取り込むことで治癒能力を獲得した。ならば治癒のエネルギー源となっているのは聖魔力であってもおかしくはない」

「なるほど、とりあえずやってみるよ！」

セルビスの仮説には納得できるものがあったので、私は言う通りにやってみる。

指先に聖魔力を灯《とも》すと、スラリンがビクリと体を震えさせて寄ってきた。

まるで極上の餌を目の前にしたかのように。

そのままスラリンに聖魔力を注いでやると、スラリンの体は綺麗なライム色を取り戻し、肌つやも良くなった。

「スラリンが元気になった！」

「ふむ、やはり聖魔力をエネルギー源としていたか」

セルビスの仮説は見事に的中しており、本人も渾身のドヤ顔をしながらペンを走らせている。

「私の聖魔力でも元気になるのでしょうか？」

「確かにそれは気になるな」

「ルーちゃんもやってみて！」

交代して今度はルーちゃんが聖魔力を注いでみる。

すると、スラリンは私の時と同じように喜んで聖魔力を吸収し出した。

「私じゃなくても元気になるみたいだね」

「しかし、ソフィア様の方が食いつきはいいように思えます」

「そこは聖魔力の純度の差だろうな」

ちょっとした差異はあるようだが、私じゃなくてもスラリンを回復できるようになるのはいいことだ。将来的には聖女の頼もしい助手的な位置づけになるかもしれない。

などと希望を見出《みいだ》していると、突如として扉がノックされた。

返事すると入ってきたのはイザベラだ。

「ソフィア、すまねえけど、そっちに瘴気患者を回してもいいか？」

てっきりエリアヒールをする準備が整ったのかと思いきや、瘴気患者の浄化依頼だった。

エリアヒール以外にも色々と手伝うつもりだったので、瘴気患者の一人や二人ドンとこいである。

「いいよー」

「軽過ぎだろ。瘴気の症状も聞かねえのかよ」

快諾するとイザベラが肩透かしを食らったかのように言う。

「浄化には自信があるからね」

結界や治癒だなんだとやっていたが、そもそも私の本分は浄化だからね。

魔王の瘴気でもない限り、大抵のものは浄化できると思う。

「それは頼もしいこって。そんじゃすぐに回すからな」

私がそのように返事すると、イザベラはすぐに去っていく。

きっと部下の聖女やメイドに指示を出しているのだろう。

恐らく担架で運ばれてやってくるはずだ。私たちは運び込みやすいようにイスの位置などを変えて準備する。

「瘴気患者が入ります！」

扉を開けたままにすると、慌ただしい様子で見習い聖女たちが担架に乗せた患者を運んできた。

瘴気に蝕《むしば》まれているのは冒険者と思われる女性だ。

「う、ううっ……」

なにやら鋭いもので斬り付けられたようで、右腹部に大きな裂傷が走っており、瘴気の影響で傷口が腐敗していた。

「瘴気持ちの魔物に襲われたんです！　俺の仲間は助かりますか⁉」

そんな声を上げたのは後ろに控えている冒険者仲間らしき男性。

仲間が瘴気に汚染されて気が気でない様子だ。

「大丈夫ですよ。すぐに瘴気を浄化して、治癒しますから」

見たところ女性を苛《さいな》んでいる瘴気は腐敗型だ。放置していれば、傷口から徐々に身体が腐敗していくという恐ろしい瘴気だ。

腐敗していく痛みは中々に辛いものなので、速やかな浄化と治癒が求められる。

「あれ？　スラリン？」

早急に聖魔法で浄化をしようと思っていると、スラリンが瘴気に汚染された女性へと乗りかかった。

「お、おい！　そのまま触れればスライムにも瘴気が感染――」

仲間の冒険者がそんな風に焦った声を上げるが、それはスラリンが突如として発光し出したことで中断される。

女性の瘴気の源である右腹部に移動したスラリンが、翡翠色の光を放ち出したのだ。

それはまるで聖魔法の浄化のよう。

「あっ、瘴気が小さくなっている」

呆然と見守っていると、女性を蝕んでいる瘴気が小さくなっているのがわかった。

苦しみの表情を浮かべていた女性が、みるみるうちに穏やかな表情へと変化していく。

「このスライムには浄化能力まであるというのか！」

これにはセルビスやルーちゃんも驚きの様子だ。

まさか治癒だけでなく浄化までできるとは。

しばらく見守っていると、スラリンは女性の瘴気を完全に浄化し、それから裂傷の治癒を始めた。

「え、ええ？」

「安心してください。しっかりと瘴気は浄化されてますし、傷口の治癒も始まっていますから」

明らかに戸惑った様子を見せる仲間の男性に、安心してもらえるように状態の説明をする。

「スライムが瘴気を浄化？　それに治癒まで？」

仲間の冒険者は明らかに戸惑っている様子だが、女性が快方に向かっていくのはわかったようで安堵の表情を浮かべた。

「これは素晴らしい。次は瘴気患者のデータをドンドンとるぞ！」

「さすがに瘴気患者はそうポンポンとやってこないから」

相変わらずの反応を示すセルビスに、私は苦笑しながら突っ込んだ。

第三十五話　モヤモヤ

「スライムが瘴気の浄化までしたってマジか？」

報告を受けてやってきたイザベラに説明すると、彼女は目を丸くした。

「うん、私もビックリした」

まさか治癒だけでなく浄化もしてしまうとは私も驚きだった。

「浄化能力まであるとすれば、同じ個体をたくさん生み出し、汚染区域を浄化してもらうという手も……」

「確かに！」

「さすがにそれは難しいだろう。聖魔力を宿しているとはいえただのスライムだ。瞬く間に瘴気持ちの魔物に狩られることになる」

「そ、そっか」

そう甘くないという現実を突きつけられてシュンとする私。

「とはいえ、それは護衛をつければ問題ない。運用方法を考えれば、頼もしい力になってくれるだろう」

まだまだ課題となる点はあるかもしれないが、スラリンの能力が心強いことは確かだった。

私の結晶を取り込めば、同じような個体が生まれるのかは不明だが、今後の新しい一手になるに違いない。

「考察してるとこ悪いけど患者の移動が終わった。ソフィア、エリアヒールを頼めるか？」

「うん、任せて」

申し訳なさそうに頼んでくるイザベラの言葉に私は快く頷いた。

さすがに大人数の治癒となるとスラリンでは心もとない。

今日はスラリンに任せっきりでほとんど働いていないので、私も頑張らないと。

やる気を十分に漲《みなぎ》らせた私は、イザベラに案内されて診察室から聖堂へと移動。

そこには大人数の重傷患者が収容されていた。

アブレシアの教会で目覚めて迷い込んだ時の救護室と同じ——いや、それ以上の規模の患者がいた。

部位を欠損して呻《うめ》き声を上げているものや、包帯が血で染まっている者などたくさんだ。

中には容態が安定している者もいるが、それらはじっくりと治癒を重ねることで治療中なのだろう。

治癒の能力が高くなければ、少しずつ重ねがけをすることで治癒をすることもある。

「結構な人数だがいけるか？」

「問題ないよ」

イザベラが心配そうな声を上げる中、私は両手を組んで聖魔法を発動。

「『エリアヒール』」

私を中心にドーム状の淡い翡翠色の光が広がった。

「うおお、怪我が治ってる」

「……傷が痛くない」

それは寝かされていた患者たちを包み込み、みるみるうちに怪我を治癒していった。

あちこちで上がる患者の歓喜の言葉と、病み上がり故にそれを窘める見習い聖女やメイドの声で騒がしくなる。

「相変わらずのバカげた聖魔力だぜ。あたしたちの立つ瀬がないね」

「たとえ、私一人でたくさんの人を癒せたとしても、常に全員を癒すことはできないよ。こうやって皆が平和に生活できているのは、イザベラみたいに支えてくれる人がいるお陰」

自嘲するように呟くイザベラに私は、素直な想いを伝える。

たとえ、たった一人が多くの者を癒すことができたとしても、所詮は一人の力だ。

たった一人でできることなど、たかが知れているものだ。

私なんかよりもこうやって毎日の生活を支えている、イザベラたちこそ本当にすごいのだ。

「相変わらずこっぱずかしい台詞を吐くなぁ」

「そうかな?」

「でも、ありがとよ。世界を救ったてめえが言うと、こっちも報われるってもんだぜ」

にししと嬉しそうに笑いながら言うイザベラの姿は、どうからどう見ても立派な聖女だった。

◆

治癒院での治癒活動を終えると、セルビスは早速研究データを纏めるために研究棟に戻った。

メアリーゼに治癒院での出来事を報告すると、私たちは屋敷に戻ってゆったりとした数日を過ごしていた。

『ひいいっ、こないでください！　私は悪いアンデッドじゃないですから！』

屋敷のリビングを掃除しているエステルが気になるのか、スラリンがうごうごと近づいていく。

それに対してエステルは悲鳴を上げていた。

「スラリンがそんなに怖いの？」

『この子に纏わりつかれると身体がピリッとして痛いんです！』

私の聖力を宿しているスラリンと、レイスであるエステルの相性はあまりよろしくないようだ。

加減をすれば、問題なくエステルとも触れ合えるのであるが、スラリンにそこまで繊細な力のコントロールはできないみたい。

「スラリン、力が加減できないうちはあんまりエステルに近づいちゃダメだよ？」

私の窘めるような言葉を聞いて動きを止めるスラリン。

それを見てホッと胸を撫で下ろすエステル。

しかし、ほどなくするとスラリンはまたしてもエステルに向き直って近寄っていく。

『ひゃわっ！　どうしてまた近寄ってくるんですか！　ソフィア様の言うことを聞いてください』

「ありゃりゃ、完全に面白がってるみたい」

「エステルの反応があそこまでいいと仕方がないかもしれませんね」

多分、私の言葉を理解した上で遊んでいるんだろうな。

エステルの仕事が進んでいなそうだけど、傍から見ていると楽しそうなので放置することにした。

スラリンの能力についてはもう少し調べたいところだけど、この間はとても頑張ってくれた。あまり酷使しても可哀想なので、今日もゆっくりしてもらおう。

呑気にそんなことを考えて紅茶をすすっていると、来訪を知らせるベルが鳴った。

「私が見にいきます」

「うん、お願い」

こういった雑務はメイドであるエステルがやるべきだけど、見ての通りスラリンにじゃれつかれていて動けない状態だしね。

未だに悲鳴を上げて逃げ回っているエステルを眺めていると、様子を見に行っていたルーちゃんが戻ってきた。傍らには来訪者らしいミオとフリードがいる。

「二人とも遊びにきたの？」

嬉しさから跳ねるようにソファーから立ち上がって尋ねる。

しかし、ミオはふるふると首を横に振った。ガーン。

「じゃ、じゃあ、どうしたの？」

「……ソフィアに相談したいことがある」

真剣なミオの表情に私は面食らいながらも、ゆっくりと話せるようにソファーへと促す。

エステルは未だにスラリンににじり寄られていたので、スラリンは回収してミオとフリードのために新しい紅茶を用意してもらった。

「相談って、なにかあったの？」

ミオとフリードが差し出された紅茶を口にし、落ち着いたところで率直に尋ねた。

すると、ミオは少し迷った様子を見せながらも口を開いた。

「……ここ最近、王都で嫌な感じがする」

「嫌な感じっていうと？」

「……モヤッとした感じ」

これはまた随分と抽象的な言い方だ。

「それは王都で瘴気持ちの魔物を感知したということでしょうか？　あるいは瘴気の反応があったとか……？」

私が首を傾げていると、ルーちゃんがおずおずと尋ねる。

感知系に秀でた彼女がそのようなことを言うということは、それらである可能性が高い。

「……わからない」

しかし、ミオはゆっくりと首を横に振った。

だとしたら何だというのだろうか。まるでなぞなぞみたいだ。

「きっかけは王都に入ってかららしくてな。最初は気のせいだと思っていたらしいが、ここのところ急に違和感が強くなったらしい」

私たちが首を傾げているとフリードが詳しく説明してくれる。

「……ソフィアでもわからない？」

ミオからの窺うような真っすぐな眼差し。

違和感の正体を私ならわかるんじゃないかって期待しているみたいだけど、残念ながら私の感知精度はミオ以下だ。

「ごめんね、私にはわからないよ」

「……そっか」

私がそのようにハッキリと言うと、ミオが残念そうに目を伏せる。

期待してやってきてくれたのに申し訳ない思いだ。

「うーん、違和感で思い当たるのは、やっぱり瘴気だと思うけどそうだったら私たちも気付いているしね？」

「はい、仮に見過ごしていたとしても、王都には結界が張られています。瘴気持ちの魔物が侵入してくるのは不可能でしょう」

ルーちゃんの言う通りだ。

ここは教会本部が設置されている堅牢な王都だ。多くの貴族や王族が住まうだけあって、瘴気や魔物への対策は万全だ。

クルトン村や発展途上のアブレシアとは防備も断然違う。

違和感の原因かもしれない瘴気持ちの魔物が、侵入してくることはないだろう。

「……だけど、ずっとモヤモヤする。嫌な感じ」

世間的な常識と照らし合わせればそうなのだけどミオは浮かない顔だ。

「こういう時のミオの予感はいつも当たる。嫌な予感の正体が何かはわからないが警戒しておいてほしい。今日はそれだけを伝えにきた」

「う、うん。わかった。なにか異変があったらすぐに伝えるよ」

「助かる。こちらも引き続き探ってみる」

ミオとフリードはそのように言い残すと屋敷を去っていった。

第三十六話　王都を調査

ミオとフリードが屋敷を去った後。私は意識を集中して王都の異変を探っていた。

「……ソフィア様、なにかわかりましたか？」

しばらく集中して意識を外に向けていると、ルーちゃんからおずおずと尋ねられる。

「ううん、全然わからないよ。ミオの言っていた違和感すら感じないや」

「そうですか」

「大体、ミオでもわからないんだったら、私にわかるはずがないよ。感知系は得意じゃないんだし」

「それでもソフィア様ならばと思わず期待してしまうのですよ」

私がいじけてそんなことを言うも、ルーちゃんは苦笑しながらそう言った。

そう言われてしまうと頼られた方は何とも情けない。不得意だなんだと言っているのがカッコ悪く思えてきた。

ミオとフリードの二人は原因を探ろうとして足を運んでいるのだろう。そんな中、相談を持ち掛けられた私だけが屋敷でのんびりしているのは憚《はばか》られた。

「……私たちも外を調べてみようか」

「はい、お供いたします」

私の台詞を待っていたと言わんばかりの様子で頷くルーちゃん。

私はそんなに聖人君子でもないんだけどな。ともあれ、せっかく頼ってくれた可愛い後輩のためにも頑張りたい気持ちは大いにあった。

具体的には違和感の原因を見つけて、ミオにすごいと言ってもらいたかった。

そんな気持ちを抱きながらも私とルーちゃんは屋敷の外に出る。

特にどこに何があるとわかっているわけではない。というか、それを求めて探しているので当てもなく足を進めるしかない。

屋敷を出て大通りに沿って歩き、中央区画へと進んでいく。

夕方を前にして夕食の買い物に出かける子供連れの主婦、少し早めに仕事を終えて露店に顔を出している男性、依頼を終えた冒険者がギルドに入っていったりと実に平和な光景だ。

「特に街の方も異変はありませんね」

「うん、そうだね」

中央広場では相変わらず私の銅像がそびえ立っており、中央には噴水がある。

その周りにあるベンチに老人たちが座って和やかに談笑していた。

街は常に賑やかな声や営みの音で溢れかえっている。

「本当に平和な光景だね」

「はい。それもアーク様やソフィア様たちのお陰です」

二十年前に私が求めてやまなかった景色。

それが当たり前のように存在することが嬉しい。

今の若い世代からしたら二十年前が世界の危機だったなんて、あまり大きな実感はないだろうな。

若い世代に苦労をしてほしいなんて思わない。二十年前に頑張った身としては、そのことを知らないというのは複雑な気持ちでもあるけど、それを味わってほしいだなんて到底思えないからだ。

できれば今の若い人たちには、このまま健やかな世の中で生きていってほしいな。

「むむ！」

「ソフィア様、なにか気になるところでも？」

「うん、あの露店からすごく匂いがする！」

私が指さしたところでは屋台が出ており、大きな鉄板の上では様々な具材が香辛料と共に炒められていた。

その傍では丸い生地が焼かれており、焼けた傍から皿に盛り付けて包んでいるのでタコスのようなものだろう。すごく美味しそうだ。

「……ソフィア様？」

「ご、ごめん。いい匂いがしてるから、お腹が空いちゃって……」

ルーちゃんがジットリとした視線を向けてくる。

けど、しょうがないよ。さっきからずっといい匂いを飛ばしてくるんだもん。

私たちの会話を聞いてか恰幅のいい男性がニヤリと笑みを浮かべる。

絶対にわざとだ。

ああやって夕食の買い物をしようと市場に繰り出した主婦や、仕事帰りの冒険者を釣っているんだ。屋台の前には私と同じく匂いに釣られた人たちが大勢並んでいる。

「はぁ、しょうがないですね。お腹が空いていては調査ができませんし、少し食べることにしましょう」

「さすがルーちゃん！　わかってるー！」

実に理解のいい聖騎士を得ることができて私は幸運だ。

軽食を食べることになった私たちはさっそく列に並んだ。

大きな寸胴鍋には生地を練ったものが入っており、おじさんが手で丸めてボールみたいにすると専用の道具でプレスされて綺麗な円になった。

「わっ、すごーい」

「このような調理道具があったのですね」

「鍛冶師に頼んで作ってもらったんだ。便利だろ？」

私とルーちゃんが感嘆の声を上げると、おじさんが自慢げに言う。

「家では頻繁に使わないだろうことはわかっているけど、こういう道具を見ると欲しくなっちゃうよね」

「わかります」

私の言葉に同意するように頷くルーちゃん。

こういう便利な調理道具って何故か惹《ひ》かれるよね。

屋台では大きな鉄板が展開されており、左半分では平べったくされた生地が焼かれていく。

ぷくーっと膨らんできたのを手早く裏返すと、しぼみながら裏面も焼かれていく。

見事に焼き上がると、生地が皿に載せられていき、そこにこれでもかとばかりに具材が盛り付けられた。

屋台料理はこうやって料理ができ上がっていく様を見られるのも醍醐味だ。

洗練されたプロの技は見ているだけで楽しく、順番待ちも退屈にはならない。

しばらく待っていると私たちの番になったのでタコスを二人前注文。

受け取ったお皿にはタコスが四枚鎮座している。一人前、二枚仕様のようだ。

私はそのまま立ち食いでもよかったが、ルーちゃんが断固とした態度で反対したので、少し歩いて空いているベンチに腰をかけた。

とりあえず周囲の目があるので両手を合わせて簡易的な食前の祈りをする。

「それじゃあ、いただきます！」

それが終わると、私はすぐにタコスに手を伸ばした。

温かな生地から具材が零れ落ちないように折り曲げて持ち上げる。

下品にならないように口を開けて、私はタコスを頬張った。

牛豚合《あ》い挽《び》き肉で作られたタコミートがとてもジューシーだ。甘辛いタレでしっかりと味付けされている。

そこに酸味の利いたトマトソースや瑞々《みずみず》しいレタスやパクチー、タマネギなどが広がり、シャキシャキとした楽しい食感にしてくれた。

そして、それらの味を受け止め、中和しているのがトウモロコシで作られた生地だ。これがまた優しい甘さをしており、具材とよく合う。

「美味しい！」

「生地と具材がとても合っていますね」

これにはルーちゃんもにっこりだ。中々に食べるペースが早いので、ルーちゃんも小腹が空いていたのかもしれない。

本人に言うと、拗《す》ねちゃいそうだから言わないけどね。

なんて思いながらも二口、三口とパクパクと頬張っていく。

前世で知っていたメキシカンなタコスとは少し味付けが違うが、これはこれで悪くない。

というよりも、私としてはこっちの方が好きかもしれないや。

そうやって食べ進めていると、あっという間にタコスを平らげてしまった。

「んー、美味しかったね」

「ソフィア様、頬にソースがついてますよ」

「え、本当？」

反射的に袖で拭おうとするとルーちゃんにガッと腕を掴まれた。

「あー！　手で拭おうとしないでください！　ハンカチはどうしたんですか？」

「忘れた」

「もう仕方がないですね」

私が素直に白状すると、ルーちゃんがしょうがないといった様子で懐からハンカチを取り出し、頬についたソースを拭ってくれた。

ちゃんとハンカチを持ち歩いているなんて母性が高い。

「えへへ、なんだか昔と逆だね」

「ソフィア様の方が本来は年上なのですから、もっとシャンとしてくださいませ」

ルーちゃんが困ったように笑いながらそんなこと言う。

でも、ルーちゃんにこうやって甲斐甲斐《かいがい》しくお世話されるのも悪くない。

年上としての威厳をとるか中々に迷うところだった。

「さて、お腹も膨れたところだし調査を再開しよっか」

「はい」

タコスのお皿を返却し、英気を十分に養った私たちは王都の調査を引き続き行った。

◆

「うーん、何もわからない」

タコスを食べて意気揚々と調査を再開した私とルーちゃんであるが、その後も何もそれらしい異変を見つけることはできなかった。

「私も拙いながらも聖魔法で探っていますが、異変らしいものは見つかりませんね」

どうやらルーちゃんから見ても怪しいものは発見できなかったらしい。

やはり王都はいつもの光景そのもの。瘴気だなんだといったものはとても感じられなかった。

「そろそろ日が暮れてしまいます。エステルに夕食の買い物も頼まれているので、今日のところは引き上げることにしましょうか」

ルーちゃんの言葉を聞いて、空を見上げるとすっかりと茜色《あかねいろ》に染まっていた。

王都の建物が真っ赤に染まり、私たちの影が長く伸びている。

王都といってもかなり広い。さすがに半日で全ての場所を回りきるのは不可能だ。

「うん、それもそうだね。また明日、探ってみよう」

後ろ髪を引かれる思いだったが、無理をしても見つかりそうもない。

私とルーちゃんは市場に寄って夕食の食材を買い、屋敷に戻るのであった。

第三十七話　行方不明の子供

「おう、ソフィア。いいところにいるじゃねえか。ちょっと治癒を手伝ってくれよ」

翌朝。なんの手がかりも見つけることができなかった私とルーちゃんは、南区画の方に足を伸ばして調査をしていた。

すると、なんらかの用事で外に出ていたのだろうイザベラに捕まった。

どうやら前回のエリアヒールで定時帰宅できたお陰で、味をしめてしまったらしい。イザベラの眼差しが明らかに獲物を見るような感じだ。

「えー？　私、今調査中なんだけど？」

「ああん？　調査？　王都でなにを調べてるっていうんだよ？」

私の肩に腕を回したイザベラが怪訝《けげん》な表情をする。

イザベラは治癒院長であり、聖女だ。王都の異変について何かしらの情報を持っているかもしれない。

そう考えた私は、ミオが話してくれた違和感を話してみる。

「あたしには違和感とやらの正体はさっぱりわかんねえな。大体、王都にはこれだけの数の聖女が目を光らせているんだ。瘴気や瘴気持ちの魔物なんて一匹たりとも入ってこれねえだろう」

「だよねぇ」

「……だけど、ズバ抜けた感知能力を持つミオがそう言ってんなら、あたしたちの見逃している何かがあるんだろう」

「それってなんだと思う？」

「知らん」

尋ねてみるときっぱりとそう言われる。

言葉を放つスピードから何も考えていないのが丸わかりだった。

「あはは、そんな顔すんなよ。瘴気とは関係ねえけど一つ気になる噂はあるぜ」

「差し支えなければ教えていただけますか？」

「いいぜ」

ルーちゃんがおずおずと尋ねると、イザベラは教えてくれる。

どうやらここのところ王都では行方不明になっている子供が多いらしい。

事件性のある誘拐の痕跡はなく、存在が消えてしまったかのようにいなくなるのだとか。

「それは何とも物騒だね」

昨日まで歩き回って平和な王都を見ていただけに、子供の行方不明事件とは驚きだった。

「治癒院にやってくる患者の中には被害に遭った親たちがいるらしくてな。必死で探し回っているんだ」

「……騎士団は動いているのですか？」

「動いてもらってるみてえだけど、手がかりがまるで見つかってねえからな」

小さな子供が無意味に失踪する理由が想像できないので、何者かによる誘拐の可能性が高い。しかし、それを示す痕跡はまったく見つからないときた。

これでは親御さんも騎士もどうしようもない。

「あたしの知ってる異変ってのは、そんな感じだな」

「ありがとう。そのことも含めて色々と探ってみるよ」

お礼を言って、自然な素振りで別れようとするとイザベラに肩を掴まれた。

「おい、待て。情報を提供したんだ。ちょっとくらい仕事を手伝ってくれてもいいと思わねえか？」

「わ、わかったよ」

私たちの調べている事件と関係があるかは不明だが、貴重な情報を提供してくれたんだ。

迫力のある笑みを浮かべたイザベラの言葉に頷いて、私は治癒院で治癒を手伝った。

◆

「…………」

治癒院で治癒を手伝ってイザベラから解放されると、ルーちゃんが難しい顔をしていた。

「どうしたの、ルーちゃん？　お腹が痛いの？」

「いえ、そうではありません」

「じゃあ、どうして難しい顔してるの？」

「先ほどのイザベラ様の話が気になっていまして……」

治癒院で治癒をしている間も、ルーちゃんはずっと難しい顔をしていた。

どうやら子供の行方不明事件について必死に考えていたらしい。

どういう関係があるかは不明だが、ミオが違和感を覚えたのと同時期くらいに発生しているとのことだ。

完全に関係がないとは言い切れない。

「念のために調べてみる？　冒険者ギルドとかの方でも、人探しの依頼が出てるかも」

「そういたしましょう」

現状、私とルーちゃんで王都の色々な場所に足を運んで探っているが、何も成果はないままだ。

だったら、少しアプローチの仕方を変えて、探ってみる方がいい。

そういう考えもあって、私とルーちゃんは冒険者ギルドに向かうことにした。

中央区にある冒険者ギルド。

大通りの傍に面しているその建物は記憶にあるものよりもかなり大きくなっていた。

漆喰《しっくい》の壁とレンガを組み合わせて作った三階建てだ。昔は木でできていたし、二階建てだったような気がする。

どうやら私がいない間に大きく改築したみたいだ。

「では、入りましょうか」

「う、うん」

物珍しく眺めているのも束《つか》の間《ま》、ルーちゃんが颯爽と二枚扉を開けて入る。

内部は想像していたよりもとても広く、たくさんのイスとテーブルが並んでおり、冒険者らしき武装した人たちがたむろしている。

「おお、ここが冒険者ギルド……」

「ソフィア様、ギルドに入られるのは初めてでしたか？」

「うん、私にはあんまり縁のない場所だったし」

実を言うと、冒険者ギルドにやってくるのは初めてだった。

基本的に教会育ちであり、生活は教会で完結することが多かった。

瘴気持ちの魔物と戦う時は教会の聖騎士と組むことが多かったし、魔王討伐の際にはアークやランダン、セルビスと組んでずっとそれが定着していた。

それ故に冒険者ギルドにこうやって足を運ぶのは初めてだった。

足を進めると一斉に視線が集まるのを感じた。

その視線の量に私は少し驚いたけど、ルーちゃんはまるで気にした様子がない。

注目されるのも慣れているみたいだ。

「逆にルーちゃんは結構出入りしているの？」

「ランダン様にギルドの演習場で剣を習うこともありましたので」

「なるほど」

「それに今では見習い聖女が修練を積むために冒険者と組んで、汚染区域を浄化することも奨励されています。昔と比べると、教会と冒険者ギルドの関係も密接になりましたよ」

ルーちゃんに指し示された場所を見てみると、テーブルでは冒険者と見習い聖女らしきパーティーが真剣な様子で話し合いをしていた。

冒険者の割合に比べると少ないが、他にもチラホラと見習い聖女を見かけた。

どうやらそういった変化があるらしい。

「いざという時に見習い聖女や冒険者が戦力になれないってのは辛いもんね」

二十年前、教会戦力と冒険者の連携不足が問題になっていたことがあった。そういったことにならないように連携して力を高めているのだろう。非常に良いことだと思う。

「こんにちは、ルミナリエ様。本日はどうされました？」

「ランダン様はこちらにいますか？　相談したいことがあるのですが」

「ランダン様であれば、二階にいらっしゃいますよ」

「ありがとうございます」

私がギルドの内装に見惚れている間に、ルーちゃんは慣れた様子で受付嬢から情報をゲットしてくる。

ルーちゃんと共に階段を上がっていく。

「なんか一階と様子が違うね？」

ギルドの二階は基本的な造りは同じであるが、明らかに雰囲気が違っていた。

設置されているテーブルやらイスやら、壁の調度品の数々まで明らかに質が違う。

「こちらはBランク以上の方が利用できるフロアになっていますから」

「なるほど」

こうやって上級と下級でわかりやすい設備の差をつけて、冒険者の向上心を奮い立たせようという狙いがあるのかもしれない。

なんて考えながら歩いていると、ランダンがテーブルの一画で書類を眺めていた。

魔神関係の調査をしているのかもしれない。

「ランダン！」

「おお、そっちから来るなんて珍しいじゃねえか」

私が声をかけると、ランダンが気付いて手を上げてくれた。

「ちょっと聞きたいことがあってね」

「ん？　なんだ？」

「最近、王都で子供の行方不明事件が起きてるって本当？」

「ああ、その件なら本当だぜ。結構な数の捜索依頼がギルドにも貼り出されちゃいるが、誰も見つけることができてねえな」

どうやら冒険者ギルドの方にも依頼が既に出ているみたいだ。治癒院で噂になっていたことから思っていたよりも行方不明者は多いらしい。

「どうした？　この事件が気になるのか」

「うん、ちょっとね……」

訝しんだ様子を見せるランダンに私は、ミオが王都で違和感を覚えていたことを伝える。

「感知を得意とする聖女が嫌な予感。それと同時期に起こった子供の行方不明事件……確かに気になるな」

「私やルーちゃんも原因を探っているんだけど、怪しいところは特になくてね」

そうやって互いに現状を報告し合うと、私たちは腕を組んで唸る。

「今ある情報だけで考え込んでも仕方がねえ。それについてはギルドでも問題になっているみたいだし調べて何かわかったら教えるぜ」

「うん、こっちも何かわかったら連絡するよ！」

違和感を解明する糸口にはならなかったが、行方不明事件の裏がとれただけで十分だ。

ついでに少しばかりの雑談をランダンとして、私とルーちゃんは調査に戻った。

第三十八話　地下水路の異変

「あー、疲れた～」

ひとしきり王都の調査を終えて屋敷に戻った私は、リビングにあるソファーに寝転んだ。

さすがに一日中歩き回っていれば、それなりに足が疲れる。

「結局、手がかりらしいものは見つかりませんでしたね」

しかし、ルーちゃんは私と違って疲れた表情を一切見せていない。

やはり、聖騎士だけあって普段から鍛えており、少し歩き回った程度じゃなんともないらしい。

「ここまで結果が伴わないと少し心が折れちゃいそう」

「そんな弱気なことを言うのはソフィア様らしくないですよ。エステルに紅茶とお茶菓子を貰って休憩しましょう」

「うん」

そんな風にルーちゃんに励ましてもらったことにより、私のメンタルは少し回復した。

後はエステルの紅茶とお菓子で回復するに違いない。

「エステルー?」

そう思って居住まいを正し、メイドであるエステルを呼ぶ。

しかし、彼女がやってくることはない。

「……きませんね？」

いつもであれば、私たちが帰ってくれれば一番に出迎え、甲斐甲斐しく世話をしてくれるのに変だ。

気になった私はエステルの気配を探ってみる。

「あ、スラリンと一緒に浴場にいるみたい」

私の聖力を宿しているスラリンは比較的探知がしやすい。エステルも以前のように気配を隠すことをしなければ、私でも簡単に気配を摑めるようになった。

だからこうして屋敷内であれば簡単に居場所がわかる。

「レイスでもお風呂に入るのでしょうか？」

「ちょっと気になるね」

好奇心のこもったルーちゃんの言葉に私も頷いた。

霊体である彼女がどんな風にお風呂に入っているのかちょっと気になる。しかも、スラリンと一緒に入浴だなんて。

好奇心につられた私たちはこっそりとリビングを移動。

気配を消してこっそりと脱衣所にやってくる。脱衣籠にはエステルのものと思《おぼ》しき、メイド服の類は一切ない。

そのまま入っているのか、霊体なのでメイド服を瞬時に取っ払うことができるのか。

わからないがとにかく、私は浴場の扉を開いて覗いてみる。

すると、お湯の入っていない湯船の中で、ブラシを手にしたエステルがいた。

『ソフィア様？　それにルミナリエさんまでどうしたのですか？』

私たちの気配に気付いたらしいエステルが振り返る。

「エステルがいないから気になってね」

本当はレイスであるエステルが、どんな風にお風呂に入ってるのかと好奇心を発揮させていたんだけど、正直にそこまで言う必要はない。

『申し訳ありません。少しスラリンの様子が気になっていまして』

近づいて湯船の中を覗き込むと、排水口部分となる場所にスラリンが佇んでいた。

特にこれといって異常があるようには思えない。

「スラリンがどうかしたのです？」

『ソフィア様たちが出かけられてから、急に浴場に移動して居座りまして。なにやら排水口に興味を示しているみたいなんです』

ルーちゃんが尋ねると、エステルが困ったように眉を寄せながら答えた。

「スラリンが排水口に興味ですか？」

一般的なスライムの中には、家庭的なゴミだけじゃなく排泄《はいせつ》物に興味を示して食べようとする個体もいるという。

そういった個体は王都の地下にある下水施設や浄化施設に高く売られ、そこで活躍することが多い。

「スラリンがそういった食べ物を好むとは思えないんだけどなぁ」

うちのスラリンもそういった方面に目覚めたという可能性もあるが、基本的にスラリンは私たちと同じ食べ物を好む美食家だ。それでいて私やルーちゃんの聖魔力を糧としている。

排水口の先にある部分に興味を示すとは思えない。

飼い主として可愛がっている私としても、そっちには興味を示してほしくないな。

「スラリンが今までに興味を示したものといえば、怪我や瘴気くらいなものだけど——って、まさか！」

などと呟いたところで私はビビッときた。

ルーちゃんも気付いたのかハッとしたような顔になっている。

スラリンの詳しい生態を把握していないエステルだけが、不思議そうに首を傾げていた。

「……もしかして、王都の地下水路に瘴気が？」

「地下ともなるとミオでも意識して探らないとわからないかもしれないね」

もしかしたらミオの言っていた違和感の正体は地下に潜んでいるのかもしれない。

王都の下には広大な地下水路が広がっており、浄化施設やら様々なろ過施設もある。

地盤はかなり分厚く頑強で、私たちの感知もかなり鈍ってしまう可能性があった。

「エステル、ちょっと透過で地下水路を見てくれることってできる？」

『屋敷から離れた遠い場所までは無理ですが、少し様子を見るくらいであれば……』

さすがはレイス。分厚い地盤があっても透過能力でスイスイといけるらしい。

「それじゃあ、頼んでもいいかな？」

『かしこまりました』

「もしかしたら、瘴気があるかもしれないから危険を感じたらすぐに戻ってきてね？」

『しょ、瘴気ですか⁉　わ、わかりました！　危険を感じたらすぐに戻ってきます！』

懸念を伝えると、エステルは驚きながらも透過して地下に下りていった。

しばらく、そのままルーちゃんと待機していると屋敷のベルが鳴った。

「私が対応します」

ルーちゃんはそう言うと、速やかに浴場を出ていった。

それからほどなくしてルーちゃんは浴場に戻ってくる。その傍らには前回と同じくミオとフリードがいた。

もしかしたら、ちょうど調査の進展なんかを報告しにきてくれたのかもしれない。

「ミオ、フリード、ちょうどいいところに！」

「違和感の正体が掴めるかもしれないというのは本当か？」

大まかなことはルーちゃんから聞いているのかフリードが尋ねてくる。

「うん、今エステルに地下水路を探ってもらっているんだ」

「……地下は盲点だった」

これにはミオも驚いている様子だった。普通に生活をしていれば、地下水路なんてそう意識することがないから仕方がないと思う。

そうやって事情説明をしながら待つことしばらく。エステルが浮かび上がってきた。

「どうだった？」

『び、ビックリしました。ソフィア様のおっしゃる通り、地下水路には瘴気が漂っていました』

「やっぱり」

私の懸念が的中していた。

ミオの感じたモヤッとした違和感はこれに違いない。

「……うん、間違いなく瘴気。だけど、ここからじゃ、それ以上のことは探れない」

意識を向けることでようやくミオも感知できたらしい。

私では意識を向けても反応を感知できないので流石《さすが》だ。

「他にも何か気になった点はありますか？」

私たちの中で地下水路に下りて、調査をすることは決定事項であるが、それをより安全にするために情報は集めたい。

『たくさんの瘴気持ちの魔物がいました！　その中でも大きな蜘蛛《くも》が糸で子供を包んで運んでいる様子でした』

「もしや、王都で行方不明になっている子供か！」

衝撃の情報だった。まさかここで行方不明事件と繋がってくるとは。

「フリードもその事件を知っていたんだ」

「ああ、違和感を調べているうちに耳にしてな。なにか関連があるかもと思って、こうしてやってきたわけだが……」

どうやら私たちは同じような道を辿《たど》っていたらしい。

私たちだけでなく、ミオとフリードもそう考えての推測であれば可能性は高い。

「……もし、そうだとすれば子供たちの命が……」

「今から私たちで地下水路に潜ろう！」

ミオが不安そうな声を漏らす中、私は瞬時に決断をしていた。

「しかし、ソフィア様。地下水路は広大であり、瘴気持ちの魔物の巣窟になっている様子。私たちだけで潜るのはいくらなんでも危険が大きいです。それに相手は子供を攫《さら》うような狡猾《こうかつ》さを持ち合わせています。上位個体、あるいは魔王の眷属のような大物が控えている可能性が高いです」

「それでも子供たちの命には代えられないよ」

ルーちゃんの懸念していることはもっともだ。しかし、だからといってゆっくり増援を呼んで準備していては子供たちの命が危ない。

「……私も子供たちを助けてあげたい」

私だけでなくミオも救出の想いを言葉にしてくれる。

「そういうわけだ。ルミナリエ」

「まあ、こうなることはわかっていました」

そんな私とミオの言葉を聞いて、フリードとルーちゃんはしょうがないといった感じで笑った。

あれ？　もう少し反対されると思っていただけに意外だ。

「反対してもソフィア様は突き進みますからね」

「違いない。聖女の危険となるものを振り払うのが聖騎士である俺たちの役目だ。聖女が行くと決めたら付いていくさ」

「二人ともありがとう」

信頼してそんな頼もしい台詞を言ってくれるパートナーがいて、私たちは誇らしい思いだ。

「とはいえ、ルミナリエが懸念していたように俺たちだけで突入し、外部に情報を共有しないというのはマズいな」

王都の真下、地下水路に瘴気が漂っていたなど大問題だ。私たちだけで留《とど》めておくのはよろしくないだろう。

『す、すみません。私が屋敷の外に出ることができれば伝達することができたのですが……』

どうするべきか考え込んでいると、エステルが申し訳なさそうに謝る。

エステルが普通の人間であれば、私たちが突入している間にメアリーゼやランダンたちに情報を送り、増援を送ってもらうなどのことができただろう。

しかし、エステルは屋敷に縛られているレイスだ。そもそも屋敷の敷地内から出ることはできないし、アンデッドであるが故に堂々と外を歩くこともできない。

情報伝達を彼女に頼むのは不可能な話だった。

「地下水路の情報を安全に持ち帰ってくれたのは、エステルのお陰なんだから謝らなくてもいいよ」

『は、はい』

だけど、こうやって安全に情報を仕入れることができたのは、エステルがレイスだからだ。

既に十分に活躍しているので、あまり気に病まないでほしいところ。

だけど、エステルは優しいから気にしてしまうだろうな。

やはり、ルーちゃんかフリードのどちらかを伝達に出した方がいいだろうか。

「ソフィア様、セルビス様からいただいた共鳴の魔道具を使うのはどうでしょう?」

などと悩んでいると、ルーちゃんからそのような提案が出た。

「あっ、そっか！　これを使えば、セルビスたちがやってきてくれるよね！」

「そのような便利な魔道具があるのか」

以前、ランダンの危機を察知したことに一役買った共鳴の魔道具。

振動させると同じ魔道具を持っている者にも振動が伝わるのだとか。

ランダンの事件の後にセルビスから貰ったのを忘れていた。

これを鳴らす時は救援要請という合図なので、セルビスたちが駆けつけてくれるに違いない。ポケットにしまっていた魔道具を取り出すと魔力を込める。

すると、魔道具の針が強く振動し出す。

今頃、セルビス、ランダン、アークの魔道具も震えているに違いない。

「これでセルビスかランダンかアークがくるはずだから、やってきたらもろもろの説明をお願いね」

『わ、わかりました』

私がそう頼むと、やや俯《うつむ》きがちだったエステルが顔を上げて頷いた。

よしよし、これで情報伝達も問題ない。もし、私たちの身に何かがあったとしても、誰も地下水路の件が把握できていないことにはならないだろう。

「よし、それじゃあ突入と言いたいところだけど、どこから入ろうか？」

私たちはエステルのように透過できるわけではないので、湯船から直接に地下水路に行けるわけではない。

「近くの川が地下水路と繋がっていたはずだ」

「じゃあ、そこから入ろう」

私たちはフリードの案内に従って、近くの川から地下水路へと入っていった。

第三十九話　地下水路への突入

川に注ぐ水路を歩いていくことしばらく。私たちは地下水路へと降り立った。

ここまでくると外の灯《あか》りが差し込んでくることはなく、真っ暗だった。

「『ホーリーライト』」

私とミオはすぐさま聖魔法を発動して、聖なる光を浮かべる。

すると、真っ暗だった水路は瞬く間に明るくなった。

自分のやるべきことを瞬時に判断できるとは、ミオもそれなりに実戦経験を積んできたようだ。

思わずえらいえらいと頭を撫でたくなったが、危険地帯なので自重する。

「これで進みやすくなったね」

「助かります」

視界の全てをくっきりと照らすことはできないが、光源が二つあれば広範囲をカバーできる。

私は皆の足元を照らすことを中心にし、それ以外の場所はミオに任せることにした。

「それにしても中々の匂いだね」

「……臭い」

わかってはいたが想像以上の悪臭だ。まあ、地下水路だと当然なんだけどね。

私とミオは思わず顔をしかめてしまうが、ルーちゃんやフリードは平気そうな顔をしている。

「二人は臭くないの？」

「臭いに決まってるだろ。それでもどうしようもないから強がっているだけだ」

思わず尋ねると、フリードがそのように答えた。

やっぱり、二人も臭いと思っていたらしい。そう思っていたのは私たちだけじゃなかったみたいだ。

なんとかならないかなぁと思っていると、脳裏に一つの現象が思い起こされた。

そういえば、ラーシアとカイナの墓参りの時に祈りを捧げたら、無意識に聖魔法が発動した。あの時の具体的な効果はわからないが空気が綺麗になったように思えた。

ひょっとするとこれを使えば臭くなくなるかもしれない。

私はあの時のことを思い出して祈りを捧げてみる。

すると、墓参りの時と同じように私を中心に波動のようなものが広がった。

「これは墓参りの時と同じ聖魔法？」

ルーちゃんたちが驚きの反応を見せる中、私はしっかりと呼吸をしてみる。

「あっ、やっぱり！　臭くなくなった！」

どうやら私の聖魔法は悪臭をすっかりと取り除いてくれたらしい。

呼吸をしても先ほどのような悪臭はなく、地上と同じような感じだ。

「……本当だ。臭くない」

「聖魔法にこんな使い方があったのか」

これにはミオとフリードも驚いている様子。

「名付けて『クリーン』ってところかな」

私自身、こんな使い方があるなんて知らなかったけど、とても便利そうなので名前をつけることにした。

「これで思う存分に呼吸ができる——うえええ」

「ソフィア様⁉」

乙女としてちょっとアレな反応にルーちゃんが心配の声を上げた。

「ふええ、思いっきり深呼吸したらまた悪臭が……」

「匂いの根源を絶たなければ意味がないのだろうな。ここでは一時しのぎにしかならないようだ」

私たちの周りの空気は綺麗になったが、それを押し流すかのように奥から悪臭がやってきたのだ。

フリードの言う通り、クリーンは一時的な効果しか生まないらしい。

「とはいえ、快適な状況で動けるのは素晴らしいことです。戦闘中や小休止などのここぞという時にお願いします」

「うん、わかった」

一時的なものであるが一応は有用であったようだ。そういったちょっとした時にだけ使っていこうと思う。

「ミオ、強い瘴気がどこにあるかわかる？」

オーガキングのように露骨に出していればわかるのであるが、今回の相手は瘴気を調節しているらしく今の段階ではわからない。

「……中心部分にいる」

しかし、ミオにはしっかりと感知できているらしく、そのように答えてくれた。

さすがは感知系を得意としているだけある。

「中心部分か。それだったら一度外に出て、違う入り口から入った方が早い？」

「いや、中心部分に直接通じる水路はほとんどなかったはずだ。入り口を変えても、それなりの距離は進むことになるだろう」

「下手な水路から入れば、逃げ道も確保できないままに包囲される可能性もあります。このまま退路を確保しつつ、突き進むのがいいでしょう」

「わかった。じゃあ、ここから進むことにしよう」

私よりもフリードとルーちゃんの方が地下水路に詳しいみたいなので、異論を唱えることなく二人の意見を採用してこのまま突き進むことにした。

狭い水路の中をフリード、ルーちゃん、私、ミオといった順番で進んでいく。

通常であればフリードかルーちゃんのどちらかを後方に配置するべきだけど、感知を得意としているミオがいるのでこの編成だ。ミオがいる限り、不意打ちなんてことにはならないだろう。

水路では汚水の流れる音が絶えず響いている。

それに加え、私たちの足音やフリードやルーちゃんのガシャガシャと鎧同士が重なる音が。

普段はまったく気にならない音であるが、妙な静かさのある水路だと嫌に大きく聞こえてしまうものだ。

「……この辺りから瘴気に汚染されてる」

「そうみたいだね」

しばらく進んでいると、ほのかに瘴気が感じられた。

ここより先は汚染区域となっているのだろう。多くの人が平和に暮らしている真下が汚染区域になっていることにゾッとする。

ミオが違和感を抱かなければ、手遅れになっていたかもしれない。

「とりあえず、聖魔法で浄化して――」

「……正面から敵！」

瘴気を浄化して進もうと思っていたが、ミオの発した鋭い声によって中断となる。

ミオの忠告から遅れて、私も相手の存在を感知することができた。

瘴気持ちの魔物だ。

「……数は六体。マンティス、ハンターフライ、キャタピラー、注意して」

数だけでなく具体的な魔物の名称まで言ってみせるミオ。

「マンティスを斬り伏せたら、飛行しているハンターフライを優先的に落とす」

「マンティスの処理が速い方が対応するということで」

事前に対峙する魔物の種類がわかっていれば、皆の動く方針が定まるというもの。

同じパーティーを組んでいる身からすれば心強いことこの上ない。

そのお陰かフリードとルーちゃんは随分と余裕のある会話をしていた。

やがて、正面の水路から瘴気持ちの魔物が近づいてくる。

ミオが光源を移動させて、相手の姿をくっきりと浮かび上がらせる。

やってきたのはマンティスが二体。飛行しているハンターフライが一体とキャタピラーが三体。

見た目は完全に大きなカマキリと蝶々《ちょうちょう》、芋虫だ。わかりやすい昆虫パーティー。

暗い水路から押し寄せてくる姿は中々にホラーだ。

「『聖なる願い』」

ひとまず、二人に瘴気を無効化する付与を与えておく。

身体が翡翠色の光に包まれると、二人は怯《ひる》むことなく地面を蹴った。

フリードへと襲い掛かるマンティスの腕。鋭く発達したそれはまるで巨大な鎌のよう。

胴体を分断せんと薙ぎ払われたそれをフリードは身を低くすることで躱し、そのまま懐に飛び込んで一閃。皮肉にもマンティスの胴体の方が綺麗に分断された。

「おお、フリードも強い！」

「……当然」

思わず上げた驚きの声にミオが誇らしげに言う。

昔は生意気な悪ガキでしかなかった彼が、こんなにも戦えるようになっているとは。

なんて風にフリードを見ていると、ほぼ同時にルーちゃんが相手していたマンティスも地に沈んでいた。

先に倒した方が飛行しているハンターフライを倒すという作戦だったが、どうするのだろうか？

見たところほとんど同時のようだが。

「「『ホーリースラッシュ』ッ！」」

などと見ていると、同時に繰り出される聖なる剣撃。

二人の聖剣から放たれた聖なる刃はハンターフライを同時に切り刻んだ。

はらりと大きな羽根と鱗粉《りんぷん》をまき散らしてハンターフライが地に落ちる。

明らかなオーバーキルだった。これ、どっちの攻撃が先に当たったんだろう？

なんて疑問を抱いていると、キャタピラーが糸を吐き出してきた。

それらは私やミオに向けて放たれたものであるが、フリードとルーちゃんに斬り落とされる。

続けてキャタピラーは糸を連続して吐き出すが、フリードとルーちゃんがそれに当たるわけもない。

瞬く間に二人に接近されるが鈍足な彼らがロクな抵抗もできるわけもなく、三体のキャタピラーは胴体を輪切りにされた。

「俺の攻撃が先に当たった」

「いいえ、私の方が先に当たりました」

全ての魔物を倒すなりフリードとルーちゃんがそのような声を上げた。

やっぱり、ハンターフライをどちらが先に倒したか気になっていたみたい。

フリードとルーちゃんが視線を合わせてバチバチと火花を散らす。

「私たちの意見は平行線のようなので第三者による判定を求めましょう。ソフィア様、ミオ様、どちらの攻撃が先に当たっていましたか？」

こういわれると非常に困るのが私たちである。

ミオも明確にわかったわけではないのか、どう答えるべきかあたふたしており、私に縋るような眼差しを向ける。

「んー、どっちもほぼ同時だったかな」

「……同時か」

「ならば、引き分けですね」

「くっ、もう少し最小の動きでマンティスを処理していれば……」

「久し振りの悪路での戦闘のせいで、少し踏み込みが甘くなってしまいました」

引き分けという結果を聞いて悔しそうにしているフリードとルーちゃん。

「……なんだか二人とも楽しそう？」

「研鑽《けんさん》し合える仲間がいるのはきっといいことだよ」

二人はともに教会育ちであり、年齢も一緒だ。同じ聖騎士ということもあって、自然と対抗心が芽生えているのだろう。

過剰な対抗心は良くないが、健全な範囲であれば問題ないと思う。

そして、なにより凛《りん》としたルーちゃんがフリードと張り合う姿は、とても可愛らしかった。

第四十話　瘴気の波

石造りの水路の中で、無機質な剣戟の音が響き渡る。

「……フリード、右からスパイダーが二体」

ミオの言葉を聞いて、フリードは目の前から襲い掛かるゲンゴロンの頭部を剣の柄で叩き割ると、そのまま水路へと蹴り飛ばした。

どぷんと音を立ててゲンゴロンは、泡立つ汚水に一瞬だけ浮かび上がり、そして沈んでいった。

そんな様子をフリードは確認することもなく、右の水路から跳びかかってきたスパイダーに応戦。ミオの感知で事前に体勢を整えていたお陰か、危なげなくこちらも対処する。

「……ルミナリエ、前からアメンボウ二体とモルファス一体。モルファスは私が落とす」

「承知」

そして、すかさずミオはルーちゃんにも指示。

ルーちゃんは目の前にいるメガトンボを斬り伏せると、そのまま直進。

スイスイと水路を移動してくるアメンボウへと斬りかかる。

「『ホーリーアロー』」

その間にミオは聖なる矢を打ち出し、宙を浮遊するモルファスを貫いた。

胴体に風穴を開けて水路へと着水するモルファス。

こういった乱戦での指示も慣れているのかミオの判断はとても的確だ。

「こっちは片付いた」

「こちらもです」

それを見届ける頃にはフリードもルーちゃんもそれぞれの魔物を片付けたようだ。

「……周囲に魔物の反応はない」

「それじゃあ、浄化しちゃうね。『ホーリー』」

ミオの感知によってひとまずは安心だということがわかったので、私はこの辺りの空間を聖魔法で浄化する。

それに伴いフリードとルーちゃんが倒した瘴気持ちの魔物の遺骸も浄化しておいた。遺骸であっても瘴気を残しておけばどこから広がるかわからないからね。

地下水路ともなると、ネズミなどの他の生物が遺骸を食べて感染……なんてことが起こり得るからしっかり浄化しておかないと。

戦闘中、皆の動きを観察していたのはそういう理由もある。

「うん。これで浄化されたね」

「たった一回でこれほどの範囲を浄化できるとは。さすがは大聖女と言われるだけのことはある」

「……やっぱりソフィアの浄化はすごい。圧倒的」

周囲一帯の浄化を終えると、フリードとミオが驚きと賞賛の言葉をくれた。

「ありがとう。でも、ミオの感知もすごいよ」

「同感です。これほどの乱戦なのにまったく苦になりませんでした」

現在の場所は四方を水路に囲まれており、それぞれの水路から絶え間なく魔物がやってくる地形だ。

しかし、ミオが全体を俯瞰《ふかん》して的確に指示を送ってくれるので、体勢を崩すことなく対処できるのだ。

こういう悪路においてこれほど頼りになる聖女はいない。

「……ありがとう。皆の役に立てて嬉しい」

私とルーちゃんが褒めると、ミオが頬を染めた。

表情はあまり動いていないけど、口元がかなり緩んでいるので嬉しいのがわかる。

そんな様子が皆もわかっているのか空気が和んだ。

「それにしても、地下水路に瘴気持ちの魔物がこれほど巣くっているとは……」

「この様子を見る限り、まだまだ魔物はいるだろう」

地下水路に瘴気が漂い魔物が巣くっているのは予想していたが、想像以上だ。

中心部分にいくにつれて瘴気は濃くなっているし、魔物の数も増えている。

今後も進むごとに戦いは厳しくなっていくに違いない。

「今のうちに発見できてよかったよ」

「もし、ミオ様に忠告していただかなければまったく気付かず、手遅れになっていたでしょう」

そうなれば、突然地下水路から瘴気が吹き上がり、王都のあちこちで瘴気持ちの魔物が出現。

なんておぞましいことになっていただろう。ここで見つけることができて本当によかったと思う。

「少し休憩しようか」

「そうですね。この先安全を確保できる場所もあるかわからないですし」

子供の命を考えると一刻も早く進むべきではあるが、こうも連戦が続くと私たちの身体が持たない。既に喉はカラカラだった。

フリードとミオも異論はないのか小さく頷いた。

「『クリーン』」

私は聖魔法で空気を浄化すると、空気が綺麗になった。

「助かる」

「悪臭のまま休憩をとるのも嫌だしね」

ひとまず腰を落ち着けると、水筒を開けて水分補給。

思っていたよりも喉が渇いていたようだ。

私だけでなく各々も水分補給をする。

ミオが小さな口でこくこくと水を飲む様が小動物みたいで可愛い。

「携帯食で悪いがどうだ？」

ミオを見て和んでいると、フリードが包みを開いた。

そこにはいくつかの乾パンが入っている。

「ありがとう。助かるよ」

少し小腹が空いていたので助かる。腹が減っては戦はできないと言うし、素直にいただいておく。

「もそもそする」

「携帯食だから文句を言うな」

保存を優先されているので味の方はあんまりだった。口の中がとてもパサつく。

隣で食べているミオも眉をひそめていた。

「では、こちらはどうでしょう?」

もそもそとフリードの携帯食を食べていると、ルーちゃんが包みを取り出した。

それを開くと、中にはナッツを棒状にしたものやクッキー、ドライフルーツなどと多種多様に出てくる。

「わお! さすがはルーちゃん!」

「……食べていい?」

「勿論ですよ」

これには私とミオも喜んで手を伸ばした。

「……甘くて美味しい」

「特にナッツをハチミツで固めた奴が最高だね!」

ナッツのポリポリとした食感と香ばしい風味。優しいハチミツの甘みと非常にマッチしている。

カロリーを考えると恐ろしいけど、今日は激しい戦闘をしているし、私の身体はまだ若いので新陳代謝に期待したい。やっぱり、カロリーは正義だ。

「何故、それほどまでに種類が豊富なんだ？」

「ソフィア様はよくお腹を空かせますので。常にこれくらいは常備しています」

「なるほど」

ルーちゃんの言葉にフリードが納得したように頷く。

なんだか私が小さな子供のような扱いを受けている気がする。でも、ここで文句を言ったら今後外で美味しいお菓子を食べられなくなるので黙っておくことにした。

「ひょわっ！　冷たっ！」

ポリポリとナッツバーを食べていると、背中に冷たい何かが当たった。

「なになに⁉」

「……上から水が」

戸惑う私とは正反対の落ち着いたミオの声。

言われて見上げてみると、天井からぽつりぽつりと水滴が落ちてきていた。

それは勢いを増して水路の方にも滴り落ちていく。

「恐らく、上では雨が降っているのだろう」

「それが流れ込んできたというわけですね」

どうやら外では雨が降っており、排水口や運河から流れてきているらしい。

穏やかだった水路も徐々に勢いを増している。

大雨ともなれば水路の水が溢れてくる可能性もある。

足場が悪くなると、それだけ魔物が有利になるので、そうなってほしくはないな。

「……水の流れに乗って大量のなにかがくる！」

まったりと休憩しながらそんなことを考えていると、ミオが声を上げた。

やや焦った感じの声からここに到達するまでに余裕はないようだ。先ほどのように魔物の名称も上がってはいない。

慌てて私たちは立ち上がり、ミオの言う水流に乗ってくる何かに備える。

そして、徐々に見えてきたのは激しい水流。恐らく雨で水が増水し、一気に押し寄せてきたのだろう。新調したばかりの聖女服が汚れてしまうのは気が滅入《めい》るけど仕方がない。

「うん？」

増水した水路の中に潜む魔物を見定めようとすると、水の中に大量のスライムが浮かんでいるのが見えた。勿論、瘴気に汚染されたスライムである。

「こ、これはマズいです！」

「ああ、ヤバい！」

「うわわあああああああっ！」

瘴気持ちのスライムウェーブに私は思わず悲鳴を上げる。

「『ホーリースラッシュ！』」

フリードとルーちゃんが揃って聖なる刃を飛ばすが、その中の一部を排除できただけで勢いは止められない。

瘴気に塗れたスライムに飲み込まれたくはない。

「私が浄化するからミオは水を止めて！」

「……わかった。『プロテクション』」

私がそのように言うと、ミオは即座に聖なる障壁を作り出す。

それにより瘴気持ちのスライムウェーブは一時的に止まった。

「『キュアオール』」

そこに私はめいっぱいの浄化を叩き込む。

すると、水流に乗ってきたスライムは見事に浄化されてボテリと水路に落ちた。

やがてスライムたちは何をするでもなく水路を流れていく。

スライムなら存在ごと消し飛ばす浄化をしなくても大丈夫だと思っていたけど、問題ないみたいだ。

「おっかない、スライムたちだった」

「恐らく、水路を浄化していたスライムが瘴気に汚染されて流れてきたのでしょう。見事な対処でした」

スライムは可愛いけど、さすがに瘴気に汚染されたスライムは勘弁だった。

この騒ぎが終わったら、再び地下水路の浄化に尽力してほしい。

第四十一話　乱戦

水流に乗ったスライムを撃退した私たちは、活動を再開して瘴気の中心部分へと進んでいく。

しかし、中心部分に至るにつれて瘴気は濃厚になり、魔物との遭遇も増えていた。

「はっ！」

ルーちゃんが迫りくるマンティスを一息で二体ほど斬り捨てる。

ビッグフロッグが飛び跳ねてくるが、ルーちゃんはサイドステップで軽々と躱して一刀両断。

奥からはニードルキャタピラーが身体を丸めて転がり、ルーちゃんを押しつぶそうとする。

「『プロテクション』」

私はルーちゃんの目の前に聖なる壁を作り出す。

すると、ニードルキャタピラーの転がり攻撃は聖壁に阻まれて、宙を跳ねて足をバタつかせる。

それをルーちゃんが見逃すわけもなく、すぐさま駆け出して斬り裂いた。

「助かります！」

「気にしないで！」

お礼の言葉に頷くと、ルーちゃんは左側からやってくるスパイダーへと斬り込む。

「……フリード、右からゲンゴロンが三体とモルファスが二体。その奥からハンターフライの群れがきている。モルファスは私がやる」

反対側ではフリードが水路から襲ってくるゲンゴロンに対処し、ミオがフォローに回っていた。

フリードだけでは捌き切れないと判断しての動きだろう。

「『ホーリーアロー』」

ミオが聖魔法を発動しようとするよりも前に、私が聖なる矢を放つ。

私の聖魔法は飛行するモルファスを撃ち落とした。

「……ソフィア」

「ミオは感知に集中して。漏れそうになった敵は私が倒すから」

「……わかった」

ミオには戦ってもらうよりもルーちゃんやフリードのサポートに専念してもらった方がいい。

私はさらに戦線を安定させるためにフリードとルーちゃんに付与をかけることにした。

「付与をかけるよ！　二人に『剛力の願い』、ルーちゃんには『瞬足の願い』も」

「お、おおお！　なんだこのバカげた付与は⁉　硬い甲殻に覆われているゲンゴロンが真っ二つだぞ⁉」

筋力の大幅なアップにフリードは戸惑いの声を上げる。

その一方で既に二種類の身体向上系付与に慣れており、素早さまで上がっているルーちゃんは無双の活躍を見せる。迫りくる瘴気持ちの魔物を次々と切断だ。

「フリード、その程度ですか？」

「くそっ、『瞬足の願い』まで貰ってるからだろ！」

ルーちゃんに煽《あお》られても追加の付与を欲しいと言わないのは、今ここで付与されても身体の制御をとれる自信がないからであろう。

私の付与はどうも強過ぎるみたいでランダンやアークでもない限り、すぐに順応するのは難しいようだ。

「くそっ、こいつら斬っても斬っても湧いてきやがる」

「恐らく、奥にクイーンフライがいて、どんどんハンターフライを生み出しているのでしょう」

フリードやルーちゃんがハンターフライを倒していくが、すぐに大量のハンターフライが現れる。

昆虫系の魔物はとても繁殖力と生命力が高い。

恐らく、奥に見える大きな個体がクイーンフライで、ハンターフライを生み出しているのだろう。

しかし、そこにはもっとも多くのハンターフライが控えており、私たちを近付けさせまいとしている。

「これじゃキリがないよ」

「……中心に近づいているのに」

ここにたどり着いてずっと足止めを食らっている。

あと少しだというのに一手が足りない。

せめて、私が大きな聖魔法を放つだけの時間を稼ぐことができれば。あるいはこの状況を打開できる仲間がもう一人いれば。

「……後ろから誰かがくる」

などと考えていると、ミオがそんなことを呟いた。

「『魔弾』」

誰何《すいか》の声を上げようとすると、聞いたことのある声が響き、魔法が飛んできた。

ハンターフライは魔法を避けようと動き回るが、撃ち出された魔力の塊は追尾して一体、二体、三体と続けて打ち落としていく。

この魔法は見たことがある。

「ソフィア！」

「アーク、ランダン、セルビス！」

思わず振り返ると、そこにはかつてのパーティー仲間である三人がやってきていた。

ランダンやセルビスはいつも通りの姿であるが、アークが勇者装備を纏っている。

「救難信号がきたから助けにきたよ！」

「屋敷で鳴らしたものだから驚いたぞ」

「食い物でも喉に詰まらせて倒れてるかと思ったぜ」

「さすがに私でもそんな間抜けな救難信号は出さないからね⁉」

振動させた場所が屋敷であっても、そんな推測をするのは酷い。

「この奥に瘴気の元凶がいるんだね？」

「うん、子供たちが攫われているから早く行きたいんだけど……」

元凶までもうすぐなのだが、それを前にして魔物の壁が厚い。

「それならここは僕たちに任せてくれ！　正面の敵を一掃するから、ソフィアたちは前に！」

「わかった！」

昆虫系の魔物で溢れている以上、アークたちが合流しても足止めされ続ける可能性は高い。だったら、子供たちの命を助けるために一点突破するのが一番だ。

増援となるアークたちを見てか、ハンターフライが数を増して襲い掛かってくる。

その数は十や二十を優に超えている。水路内でブーンとハンターフライの不快な羽音が響き渡る。

「ランダン！」

アークが声をかけるより前にランダンは動き出していた。

背中に背負った大剣を抜くと同時に駆け出し、上段から勢いよくそれを振り下ろす。

「『ブレイクインパクト』ッ！」

ランダンの身体強化による力と魔力を込められた一撃は、ハンターフライの群れを粉々に破砕。

衝撃波で水路の水が割れて、クイーンフライが体勢を崩す。

そこに一直線に飛び込むアーク。携えた聖剣には魔力が込められており、刀身が淡く輝いている。

「『ブレイブスラッシュ』ッ！」

アークの聖なる一撃によりクイーンフライは真っ二つになり、やがて魔力の光に呑まれて崩れ落ちた。取り巻いていたハンターフライはその余波で同じ運命を辿る。

「ちょっ、アーク⁉　それ魔王に放った一撃だよね⁉」

アークが放った一撃は、かつて魔王との戦いで致命傷を負わせた必殺の技だ。

これほどの一撃を食らえば、この間戦った魔王の眷属だって一発だろう。

クイーンフライに使うなんて明らかにオーバーキルである。

「アーク！　はしゃぎすぎだろ！」

「加減しろ馬鹿者。こっちにまで余波がくる」

「ごめんごめん。久し振りに皆と戦えたのが嬉しくて」

ランダンとセルビスから苦情がくるも、アークは実に晴れやかな笑顔。

そういえば、前回はアークだけ仲間外れでかなり悔しがっていたもんね。

だからといって、魔王を倒した必殺技を初手でぶっ放すのはやり過ぎだけど。

「こ、これが魔王を倒したという勇者パーティーの力か。凄まじいな」

「……う、うん。さすがはソフィアの仲間」

フリードとミオもアークたちの暴れっぷりに呆然としているようだ。

「さあ、今のうちだ！　ここは僕たちに任せて先に行ってくれ！」

「アーク、取り消して！　その言葉は死亡フラグだから！」

「ええ？　それはどういうことだい⁉」

「なにを言っているのか知りませんが、アーク様たちが切り開いてくれた今のうちに行きますよ」

アークがつい死亡フラグのような台詞を言うので、必死に取り消させようとするとルーちゃんが私を持ち上げて運んだ。

「……ルーちゃん、せめてお姫様抱っことかできない？」

「剣を手にしていますので無理です」

お姫様抱っこならキュンとしていたところであるが、現在はルーちゃんの小脇に抱えられている状態だ。まるで米俵を脇に担ぐような……いわゆるお米様抱っこである。

ロマンチックさの欠片もなかった。

「ソフィアー！　聖力の付与だけ頼む！」

後ろ向きに担がれていたので私はランダンたちの様子を見ながら、そのまま聖魔法を発動。杖を持ってえいやとすると、聖力が飛んでいきランダンたちの身体を覆った。

これで彼らだけでも瘴気の中で安全に活動できるだろう。

にしても、後ろ向きに担がれてぶらーんとしたまま付与をするのはシュールだろうな。

隣を走っているフリードがなんともいえない顔をしていた。

「……ソフィアの仲間はいい人」

「でしょ？」

ミオのそんな言葉がとっても誇らしくて、私はルーちゃんに担がれたまま渾身のドヤ顔をした。

第四十二話　魔王の眷属ザガン

アークたちに進路を切り開いてもらって中心部分に進んでいくと、やがて大きな広間にたどり着いた。

入り組んでいた水路が交わった平地であり、ここだけは水路がなかった。

しかし、そこには地下水路を瘴気で満たした元凶であり、子供たちを誘拐していた犯人がいた。

「……まさか、ここに私がいると気付くものがいるとは」

漆黒に近い肌に鋭く尖った耳。暗闇の中でも血のような赤い眼《め》がくっきりと見える。

銀色の髪をオールバックにしているダークエルフの男だ。

黒を基調とした装束に金の刺繍《ししゅう》。いかにも怪しい魔法使いといった出で立ちの者が立っている。

「魔王の眷属、ザガン」

私はこいつを知っていた。二十年前も暴れ回っていた、魔王の眷属の一人だ。

「この忌々しい聖魔力……まさかとは思っていたが生きていたのか聖女ソフィア！」

「そっちの親分の瘴気を浄化するのに、ちょっと手間取ったけどなんとかね」

顔を知っているのはこちらだけでなく、当然相手も知っているみたいだ。

全然、嬉しくない。

「ザガンといえば、二十年前の戦いで消息を絶ったとの報告を耳にしましたが、まさか王都の地下水路に潜伏していたとは……」

「フン、あの戦況では魔王が負ける可能性が高かった。だから、早めに姿をくらましたまでだ」

ルーちゃんの言葉を聞いて、ザガンが鼻を鳴らして言う。

「それで新しく出てきた魔神って人に鞍替《くらが》えして悪さしてるんだ？」

「そういうわけだな」

あからさまな挑発の言葉を投げてみるが、ザガンはまるで激昂《げきこう》することもなく冷静に答えてみせた。

ここまで堂々としているのはバックについている魔神がかなり強力な証なのだろう。

「……子供たちを誘拐してどうするつもり？」

ザガンの後ろには繭に包まれた子供たちがいる。

その数は十人近くおり、想像していたよりも多い。見たところここにいる子供たちは無事なようだけど、変なことをされていないか心配だ。

「それを素直に教えてやると思うか？」

ミオが勇気を振り絞って問いかけるも、ザガンは口角をにいと吊り上げてバカにするように言った。

聞いているだけの私でさえも、イラつきそうになる笑みだ。

「だったら、子供を取り返して吐かせるまでだ」

思わず殴りたくなったけど、それよりも先にフリードが動き出した。

素早い踏み込みと共に聖剣で薙ぎ払う。

ザガンはそれに素早く反応し、腰に佩《は》いている黒剣で受け止めた。

攻撃は当たらなかったけど、まず優先するべきは子供たちの安全だ。

フリードの意図が足止めだと読んでいた私は、既に聖魔法を組み上げていた。

「『サンクチュアリ』ッ！」

繭に包まれている子供たちを覆うように聖域を作り上げる。

それに伴い繭を作っていたスパイダーが浄化されて消えた。

「子供たちを人質にはさせないからね！」

「……チッ、相変わらず面倒だ」

ザガンは正面から戦うことを滅多にしない狡猾な眷属だ。

魔王討伐の旅をしていた時も、彼の計略によって何度苦汁をなめたことか。

彼がやりそうなことはなんとなくわかる。

ひとまず、これで捕らえられている子供は安全だろう。

フリードだけでなく、ルーちゃんも加勢した。

ザガンは不思議な足さばきをしながらも、鋭い刺突や剣撃を繰り出していく。

真正面から戦うタイプではないので戦闘能力は低いと思っていたが、聖騎士二人を前にして斬り結ぶことができているので剣の腕前も中々のものだ。

しかし、聖騎士二人を相手するには実力不足なのだろうか。徐々にザガンの手数が減っていく。

　このまま一気に押し込めるかと思いきや、ザガンの身体からぼきぼきという異音が聞こえた。注視してみるとザガンの纏っているローブの後ろがなにやら膨らんでいる。

「ザガンの背中が膨らんでる！　注意して！」

　私が忠告を発すると共に、ザガンの背中から蜘蛛のような六つの脚が出てきた。

「ぐっ！　身体が痺《しび》れる！」

　フリードは咄嗟に身をよじったが脚が腕をかすったらしい。

　鮮血が流れ、傷口に瘴気が流れ込む。

　どうやらザガンの瘴気が及ぼす影響は麻痺《まひ》のようだ。フリードの動きが瞬く間に精細さを欠いてしまう。激しい戦闘の中で身体が自由に動かないというのは致命的だ。

　通常であれば、フリードは戦線離脱を余儀なくされるが、後ろには私たちが控えている。

「『キュアオール』『ヒール』」

　ミオの聖魔法で瘴気はすぐに浄化され、続いて放たれた治癒によって傷口が瞬く間に塞がった。

「助かった！　ミオ！」

「……ん」

　これによってフリードは戦線を離脱することなく、すぐさま攻撃に加わることができた。

　しかし、今のザガンの背中には六本もの脚が生えており、剣だけでなく、それらも振るってくる。

　フリードとルーちゃんの二人がかりで戦況は優勢かと思いきや、圧倒的な手数を前にして劣勢へと変わり始めた。

「ハハハハハ！　俺の相手をするには腕が足りないな！」

苛烈な攻撃をしながら高笑いをするザガン。

というか、あれ腕なんだ。どう見ても脚のようにしか見えないんだけど。

開けた場所である広間も、これだけの密度を持つザガンがいると随分と狭く感じられる。

それでもフリードとルーちゃんは身体捌《からださば》きで脚を躱《かわ》し、ザガンが繰り出す剣撃を聖剣で弾いていた。

ぎちぎちと音を立てて蠢《うごめ》く脚は、蜘蛛のようでもあり蟹《かに》のようでもある。とても不気味だ。

激しい攻防が繰り広げられると、今度はルーちゃんの頬に一筋の傷ができた。

「こらぁ！　うちの可愛いルーちゃんになにしてんの！　『キュアオール』『ハイヒール』」

ザガンに罵声を浴びせながら、私は即座にルーちゃんを浄化、そして治癒させた。

瘴気の影響が麻痺である以上、速やかに浄化してあげる必要がある。

「……ソフィア、やり過ぎ。ヒールでよかった」

「だって、可愛いルーちゃんの顔に傷をつけたんだよ⁉」

よりによって乙女の顔に傷をつけるなんてザガンは本当に悪い奴だ。

私が憤慨を露わにすると、ミオは若干呆れたような顔をした。

そんな風に私たちが支援を繰り返すと、ザガンの脚を組み合わせた不規則な動きに慣れてきたのかフリードとルーちゃんの立ち回りが安定してきた。

そうなると私たち二人が支援をする必要はなくなり、戦いの幅が広がる。

支援はミオに任せて、私が援護をしたいところだけど、浄化の詠唱に入れば真っ先にザガンは襲い掛かってくる。そうなると戦況が崩れて面倒なことになりそうだ。

だからといって『ホーリーアロー』を飛ばそうにも激しく動き回っている二人がいるので飛ばしづらい。

どうするべきかと考えている時に思い浮かんだのは、セルビスが繰り出していた『魔弾』という魔法だった。あれは魔力の塊を打ち出して自在に制御していた。

セルビスみたいな細かい追尾はできなくても、あれを真似すれば動き回る敵が相手でもコントロールして聖魔法を当てられるんじゃないだろうか？

そう考えた私は、杖の先に聖魔力を集めて聖魔法を発動してみる。

すると、私の杖の先に翡翠色の聖魔力の球が完成した。

セルビスの魔法を再現し、アレンジできたことを喜びたいが、今はそれどころではない。

「できた！　いっけー！　『聖魔弾』ッ！」

私の杖から聖魔弾が勢いよく撃ち出される。

聖魔力を察知したザガンは瞬時にそれに気付き、フリードやルーちゃんとの斬り合いを放棄して間合いをとる。

しかし、私はザガンが逃げた方に杖を動かす。すると、聖魔弾もそれと同期するように、杖の方向へと進路を変えた。

「なにっ⁉　追尾してくるだと⁉」

これにはザガンも面食らったようで大きく目を見開いた。

なんとか身体を逸らすが、私の聖魔弾はザガンの背中から生えた脚を四本ほどへし折った。

ザガンの不気味な脚が地面に落ちる。

セルビスのように何もせず意のままに動かすってことはできないけど、それでも一発目にしては上出来だよね。

「はぁっ！」

「せあああああっ！」

ザガンの見せた隙を逃さずフリードとルーちゃんが突っ込み、聖剣による一撃を当てる。

フリードの聖剣はザガンの残りの脚を斬り落とし、ルーちゃんの斬撃は腹を切り裂いた。

二人の持つ剣は、教会の聖女が聖魔力を込め、鍛冶師が鍛え上げた聖なる力を宿した剣だ。

それは瘴気を宿したザガンには大敵であり、かすり傷であろうと激しくその身を焼きつける。彼の腹部からはシュウシュウと白い煙が上がっていた。

「ぐああああああっ！」

ザガンの口から漏れる苦悶の声。

きっと、全身を蝕むような激痛が走っているに違いない。

「私が浄化する！」

「ぐうう、そうはさせるか！」

聖魔法による浄化を組み上げようとすると、ザガンがそんな声を上げる。

余裕がないはずなのに、その瞳は冷静なように見える。もしかして、なにか仕掛けてくる？

浄化魔法の詠唱をしながら注意深く観察していると、ザガンは大きく後退して水路の傍に行った。

まさか逃げるつもり？　そんな思考がよぎったが、水路から子供を運んでくるスパイダーを目にして血の気が引いた。

捕らえられていた子供はここにいるだけが全てじゃなかった。

「動くな！　それ以上動くと、ここにいるガキが——」

「……『サンクチュアリ』」

ザガンが繭に包まれた子供へと手を伸ばそうとするが、それはミオの作り出した聖域によって阻まれる。

聖域の内部に囚《とら》われたスパイダーは浄化され、ザガンの手が拒まれて焼かれる。

「なっ！」

「さすがミオ！」

「……皆が安心して、安全に戦えるように周囲の状況を探るのが私の一番の強み。皆がそう教えてくれた」

にっこりと微笑みながら言うミオ。

どうやら屋敷での言葉が彼女の心に響いていたようだ。

油断することなく、周囲の様子を探っていたミオには頭が上がらない。

にしても、こんな状況でもまだ姑息《こそく》な手を残していたなんて、やっぱりザガンは油断ならない。

早く浄化する必要がある。

私は浄化をザガンに向けて放つ。

「『ホーリー』ッ！」

「ぐおおおおおお！　くそ、忌々しい力を持った聖女め！」

私の聖魔法を受け、白い煙を上げて転げまわるザガン。

身体のあちこちが聖魔力によって蝕まれ、焼け焦げている。

あと一押しで完全に浄化できる。そう思って杖を構えて、もう一度聖魔法を組み上げる。

「こんなところで死んでたまるかッ！」

ボロボロの身体になっていたザガンが、そんな言葉を吐いて懐からムカデを取り出す。

それは以前戦った魔王の眷属が口にして、力を何倍にも跳ね上げさせた魔神の力。

第四十三話　漆黒の腕

「あの時と同じムカデだ！」

私の声が上がると共にルーちゃんがそれを阻止しようと走り出す。

しかし、ザガンがムカデを口にする方が早かった。

「カアアアアアァァッ！」

ザガンは獣の咆哮のような声を上げ、彼の身体からバキボキという異音が鳴り響く。

「……瘴気がドンドン大きくなっていく！」

「なんだこれは」

魔神による強化を初めて見たミオとフリードが、急激な瘴気の増大に驚愕する。

驚いている間にもザガンはみるみるうちに身体を隆起させ、八本の脚を生やし、巨大な蜘蛛のような姿になった。

「ムカデを食べることで魔神から力を貰ったんだよ！」

「先ほどよりも瘴気や力も何倍も増します！　気を付けてください！」

私たちが忠告の声を上げると、蜘蛛となったザガンが瘴気の波動を広げた。

私とミオは咄嗟に聖魔法を発動して、瘴気の中和を試みる。

「……これがソフィアの言っていた魔神の力。すごい、瘴気……身体が痺れる」

私は平気だが、ミオには少し荷が重いようだ。

感知以外は不得手というミオであるが、並の聖女の水準は軽く超えている。それでも完全に防ぎきれないというのは、魔神の力が強大である証だろう。

「浄化は私に任せて」

私は聖魔力の出力を強めてザガンの瘴気を一気に浄化した。

「ソフィア！」

巨大化したザガンと睨《にら》み合《あ》っていると、後ろから声が聞こえた。

振り向くと、先ほど別れたアークたちがやってきていた。

「アーク、ランダン、セルビス！」

「おうおう！　魔物を片付けてやってきてみれば、すげえ奴がいるじゃねえか！」

あれだけの魔物を討伐して、こんなにも早く駆け付けてくれるなんてさすがだ。

「ところで、なんだあの化け物は？」

「魔王の眷属のザガンだよ。私たちで追い詰めたら、例のムカデを食べちゃって……」

「おいおい、あれがザガンかよ。原形すらねえじゃねえか」

ザガンを知っているだけにランダンやアークは驚きを隠し得ないようだ。

前回の眷属もすごい変わりようだったけど、今回も中々にすごい。

顔立ちの整ったダークエルフの面影はまったく感じられないからね。

「どうやらあのムカデは、食べたものの特性によって変異するようだな。中々に興味深い」

その中でもセルビスは冷静にザガンを眺めて分析していた。

なんだかこの三人がくると、すごくホッとする。そう思うのはかつてパーティーを組んでいた仲間だからだろうか。

「こんなところで何を企《たくら》んでいたのかは知らないけど、王都の真下で好き放題はさせない！」

アークが勇者らしい見事な口上を述べると、一番に突き進む。

「俺もまだ戦える！」

「私もです！」

アークの言葉に触発されてかフリードとルーちゃんも気合のこもった声を上げて前に出る。

「おお、やっぱりアークがいると全体的に締まるね！」

「これで本当に勇者パーティー再結成だな！」

勇者であるアークがビシッと言ってくれると雰囲気も引き締まるというものだ。

「私も援護するよ！　『聖なる願い』『剛力の願い』『守護の願い』『瞬足の願い』『不屈の願い』」

アーク、ランダン、セルビスに私は五重がけの付与を与える。

こちらを見下ろすザガンは、お尻をこちらに向けて糸を放ってきた。

私たちを纏めて覆《おお》い被《かぶ》さらんとする巨大な網。

「『暴嵐《ウインドストーム》』」

それをセルビスが暴風の刃でズタズタに引き裂いた。

ザガンから射出された糸がハラリと落ちていく中、真っ先に動き出したのはアークとランダンだ。

身体能力が著しく強化されたアークとランダンは、ザガンの突き出した脚を華麗に避ける。

そして、すれ違い様に聖剣と大剣を一振り。

脚の二本が見事に切断され、ザガンが大きく体勢を崩す。

「ソフィアの付与を受けるのは二十年ぶりだ。効力が上がったって聞いたけど、ここまでとは」

その結果にはアーク自身も驚いているようだ。どこか興奮したような声音。

「アークこそ付与を受けるのは久し振りなのにすごいね！」

「領主として忙しくしてるけど鍛錬を欠かしたことはないさ」

アブレシアにいた時はそんな雰囲気は出してなかったけど、陰で努力しているのもアークらしいや。

大きく体勢を崩したザガンが他の脚を器用に動かして体勢を立て直す。

切断された脚の傷口から、肉が蠢いて新しい脚が生えた。

「再生能力か」

「だったら、それがなくなるまで斬り刻むまでさ」

再生能力を目にしても大して気にすることもなく、再び前に出る二人。

ザガンはいくつもの脚を器用に突き出し、時には薙ぎ払う。

巨木のような巨大な脚が凄まじい速度で振り回されるのはかなりの脅威であるが、二人にとってはそうではないらしく、軽々とした身のこなしで避けて、脚を切断していた。

「付与が五重がけの状態でも自在に動き回れるとは……」

「今はまだ遠いですが、必ず追いつき――いいえ、追い越してみせます！」

そんな光景の傍らでフリードとルーちゃんも応戦していた。

二人のようにいくつもの脚を同時に相手取ることは難しいが、二人で協力してザガンの脚の関節部分を斬り付けている。

アークやランダンみたいに切断することはできなくても、関節にダメージを与えることはできるのでそれだけでザガンの動きも鈍っているよう。

「『魔弾』」

時折、吹きかけられる糸はセルビスが全て魔法で処理している。それだけでなく、地面に落ちた糸が皆の足に絡まないようにきっちりと焼き払っていた。

仲間が自由に動き回れるために、自分のやるべき役目を理解しているのはさすがだ。

アークやランダン、フリードやルーちゃんも被弾する様子はまったくない。

傍にはミオも控えているので私も攻撃に加勢することにする。

「『聖魔弾』」

私は杖から聖魔力の塊を作り出して射出する。

杖を動かしてコントロールし、ザガンの脚の関節を撃ち抜いていく。

「なっ⁉」

「ハハハ！　セルビスの魔法が真似されてやがるぜ！」

「フフン、どう？　名付けて『聖魔弾』」

驚くセルビスに私はここぞとばかりに胸を張る。

セルビスの魔法を私なりに改良したものだ。

どう？　褒めてくれてもいいんだよ？

などと思っていたが、視線を向けてくるセルビスの表情は随分と険しい。

も、もしかして、真似をされるのが嫌だったかな？　私なりに改良してみたんだけど。

「おい、真似をするならもっときちんとしろ。なんだその杜撰《ずさん》な魔法式は？　見ているだけでイライラする」

どうやら私の改良したレベルが低くてご立腹のようだ。

「ご、ごめんって。私にはセルビスみたいな精密な操作は無理だからこれで勘弁して」

「ダメだ。帰ったら魔法式の改良だ」

うう、少しは褒めてくれると思ったのに、うちの魔導士はスパルタだ。

「……すごい。強くなったはずのザガンが一方的。これがソフィアのいた勇者パーティー」

傍で戦う様子を見守っているミオが見入ったまま呟く。

かつての仲間を褒められて嬉しくないはずがない。

「えへへ、皆すごいでしょ？」

「……うん」

魔神の強化を得て窮地に陥るかと思ったが、アーク、ランダン、セルビスという頼もしい助《すけ》っ人《と》によってザガンを圧倒する。

「脚の再生が止まった！」

アークがザガンの脚を切断したが、傷口から新しい脚は生えてこない。

ザガンの再生能力が限界を迎えたようだ。

身に纏っていた瘴気の力も弱まっているように感じる。

「ようやくか。そろそろ終わりにしようぜ」

「ランダン、セルビス」

「しょうがねえ。ここはアークに譲ってやるよ」

「好きにしろ」

アーク、ランダン、セルビスが短い会話の中で意思の疎通を図る。

彼らの中で既に動きが組み上がっているらしい。

「『暴嵐《ウインドストーム》』」

「『ブレイクインパクト』ッ！」

セルビスが風魔法でザガンの全身を切り刻み、動きを拘束する。

魔法が終わると同時にランダンが魔力のこもった大剣を振り下ろし、ザガンの脚を一気に三本へし折る。

ザガンが苦悶の声を上げて体勢を崩し、その真上には聖剣を振り被ったアークが。

「『ブレイブスラッシュ』ッ！」

魔王を倒した必殺の一撃を放った。

凄まじい光の奔流が立ち上る。これだけ派手にやると、光は地下水路だけでなく地上にまで噴き出ていそうだ。

アークの一撃による光が収束すると、そこには元の身体を僅かながら残したザガンがいた。

「ぐ、ぐおおお……」

「あの一撃を食らってまだ生きているのか」

「虫のように凄まじい生命力だな」

魔神によって強化された異形の身体は朽ち果てて、ボロボロになっているがまだ息はあるようだ。そして、セルビスの一言が辛辣。

「ソフィア」

「うん」

アークの意図をくみ取った私は、ザガンを浄化するべく聖魔法を組み上げる。

すると、目の前にいるザガンが顔を上げて手を伸ばした。

「く、くそ。ただで死んでなるものか……ッ！」

思い起こされるのは魔王が死に際に放った濃密な瘴気。

まさか、またしても道連れとして瘴気をばら撒《ま》くつもり？　こんな王都の真下でそんなことはさせない。

私はすぐさま聖魔法を完成させて、蹲《うずくま》っているザガンへと叩きつけようとする。

しかし、それよりも早くにザガンは手を地面に叩きつけた。

それを合図に足元にある魔法陣が赤く不気味に輝く。

「ソフィア！　早く浄化しろ！」

「『ホーリー』ッ！」

なにをしようとしているのかは不明だが、ロクでもないことだとはわかる。

セルビスの声で迷いを打ち消した私は、完成した聖魔法でザガンを浄化した。

ザガンの身体は瞬く間に浄化されて存在が消えた。

次の瞬間、何もない虚空から異空間が広がり、真っ黒な手のようなものが突き出してくる。

それは真っすぐに私の首元に迫る。

「ソフィア様ッ！」

あ、死んだ。と思いきや、私と入れ替わるようにルーちゃんが前に出て、真っ黒な手を斬り付けた。

キイインッと硬質なもの同士がぶつかり合ったような音が響き渡る。

ルーちゃんの斬り付けた聖剣は確かに手に当たっている。しかし、濃密な瘴気がそれを阻むように聖剣を受け止めていた。

「……なに、このおぞましい瘴気」

傍にいるミオが唇を真っ青にして震えている。

私でも感じた。この瘴気の強さは明らかに魔王以上だ。

「ルミナリエ！　離れろ！　『ブレイブスラッシュ』ッ！」

ルーちゃんがすぐさま離れると、アークが前に出て真っ黒な手を斬り付けた。

アークの一撃は瘴気の壁を見事に打ち破り、手首を切断してみせる。

「ソフィア！　早く浄化を！」

「うん！」

この真っ黒な手の正体が何かはわからないが、今までにないくらいに危険なことはわかる。

「『エクスホーリー』ッ！」

私は即座に聖魔法を組み上げて、全力の聖魔力を叩きつけた。

真っ黒な腕は私の浄化の光を浴びてボロボロと崩れていく。

「なるほど、これが魔王を滅ぼした勇者と大聖女の力か。俺の身体の一部とはいえ、切断し、浄化してみせるとは……」

そんな中、聞いたことのないおぞましい声が脳裏に響いてきた。

聞いているだけで肌がぞわぞわする。

「誰だ、お前は!?」

「魔神だ。いつか会う時を楽しみにしよう」

アークが問いかけの声を投げると、魔神と名乗る声の主は不気味に笑った。

やがて腕が浄化され、消失すると、魔神の笑い声は聞こえなくなる。

やけに静かになった水路に、水の流れる音だけが嫌に響いていた。

第四十四話　国王からの呼び出し

「……今のが本当に魔神なのか？」

静まり返った広間の中でアークが呆然と呟く。

その濃密な瘴気の気配に誰もが顔色を青くしていた。

今でも何が起こったのかよくわかっていないくらいだ。

「ソフィア。さっきの魔神と名乗る者の瘴気は、二十年前の魔王と比べてどうだった？」

「間違いなく魔王よりも強かったよ。レベルが段違い」

神妙な表情で尋ねてくるセルビスに私はハッキリと答えた。

「……私は魔王と対峙したことはないけど、今までで一番危険な瘴気」

私だけでなく、ミオも一目でその危険性を理解できたようだ。

あれは間違いなく魔王よりも強い。

瘴気の濃密さは、比べるのもバカバカしく思えるほどだ。

「そうなると、やはり魔神だと考えるのが妥当だろうな」

「あれでただの眷属だとか言われたら、そっちの方が信じられねえぜ」

腕だけでありながら圧倒的な存在感だった。

あれで魔神でなく、魔王の眷属だとすれば、この世界は既に瘴気で満たされて滅んでいるだろう。人間に押されて隠れ潜む意味もない。

「それにしても、どうやってここに腕を飛ばしてきたんだ？」

「……ザガンが描いた魔法陣のせいだろう。恐らく、自らを生贄《いけにえ》として、遠くにいる魔神を呼び寄せようとしたに違いない」

フリードの疑問の言葉に、地面に描かれている魔法陣を見ながらセルビスが答える。

魔法に造詣が深い彼が言っているので、その可能性は非常に高いだろう。

「もしかして、子供たちを攫っていたのは……」

セルビスの言った魔法陣の生贄と、誘拐された子供たちが繋がる。

「この魔法陣を起動するための生贄にしようとしたのだろうな」

「なんて酷いことを考えるんだ」

セルビスの言葉を聞いて、アークが嫌悪感に満ちた声を漏らした。

幼い子供を生贄にして起動する魔法陣なんて外道も外道だ。

ザガンのやろうとしていた所業に、思わず私も顔をしかめてしまう。

どうしてそんな酷いこと考えるのだろう。

そんな言葉が口から出そうになるが、それに答える者は既に浄化され、その親玉の気配も既にここにはない。

意味のない言葉になるのはわかっていたため、私はその言葉を飲み込んだ。

「ひとまず、王都の危機を僕たちの手で事前に食い止めることができた。それだけでも良しとしよう」

　重苦しい空気が漂う中、アークが明るい声で言ってくれる。

「そうだね。ザガンの野望も魔神の召喚も止めることができたし。今はそれを素直に喜ぼうか！」

　魔神という強大な存在の一端を感じさせられたが、なにも悲観することはない。

「……ん、攫われた子供も無事でよかった」

「ああ」

　攫われた子供たちも無事だし、地下水路に潜伏していたザガンも倒すことができた。

　未来に待ち受ける不安を無視することはできないが、今日の戦果だけを見れば大収穫である。今はそのことを素直に喜ぼう。

「それにしても、ルミナリエ！　よくあそこでソフィアを守ったな。お手柄じゃねえか！」

「そうだよ！　もし、あの手に捕まっていたら、私でもどうなっていたか……」

　相手は魔王よりも格上であり、測り得ない実力の持ち主だ。

　聖魔法で防御している時ならともかく、素の状態で摑まれていたらどうなっていたことか。

「いえ、ソフィア様の聖騎士として当然のことですから」

「本当にありがとうね、ルーちゃん。さすがは私の聖騎士だよ」

　手を握りながら心からお礼を伝えると、ルーちゃんが一筋の涙を流した。

「ええっ！　ルーちゃん、どうしたの？　もしかして、どこか痛いところでもあるの⁉　すぐに治癒をしてあげるよ！」

私が慌ててそう言うと、ルーちゃんはこぼれる涙を手で拭いながら答えた。

「いえ、ソフィア様のお言葉が嬉しかっただけなので。ソフィア様のお役に立つことができてよかったです」

「もう、ルーちゃんは可愛いな！」

「そ、ソフィア様、まだ剣を仕舞っていないので抱き着かれては危ないですよ」

感極まって思わずルーちゃんに抱き着くと、パキパキと音が鳴った。

「んん？　なんか変な音が……」

不審に思って思わず視線を下に向けると、ルーちゃんの右手に握られていた聖剣に蜘蛛の巣状の亀裂が入って割れた。

「わっ！　ルーちゃんの聖剣が割れた！」

「そんなにソフィアの抱擁は激しかったのかよ⁉」

「そんなわけないじゃん！」

ランダンの的外れな言葉に憤慨しながら突っ込む。

私はそんなゴリゴリな女じゃない。

そもそも抱き着いたのはルーちゃんの身体であって、聖剣には接触すらしていなかった。

私の抱擁で砕けるなんてあり得ない。

「恐らく、魔神の瘴気に阻まれた影響でしょう。それなりに長い間使っていたこともあってか、限界を迎えたようです」

刀身がすっかりと粉々になってしまった聖剣を見つめ、寂しそうな顔をするルーちゃん。

長年使い込んでいた武具が、壊れてしまうのはそれなりに寂しいものだ。

「これだけ派手に砕けていると、恐らく作り直す方がいいだろうね」

「だな」

聖剣や破片を眺めるアークとランダンの判断はそのようなもの。

これだけ刀身が派手に砕け散ると、修繕なんてものが無理だというのは素人でもわかった。

「ルーちゃん、次の聖剣は私に作らせて！」

聖剣とは聖女が聖魔力を込めることによって完成する剣だ。

私を守ってくれたルーちゃんのためにも、私自身の手で作ってあげたい。

「よろしいのでしょうか？」

「うん、私の大切なパートナーの武器だもん」

「ありがとうございます。では、よろしくお願いします」

「任せて！」

私がそのように言うと、ルーちゃんは表情を一転させて嬉しそうな顔をした。

「さて、一度地上に戻ろうか。色々と皆に報告することもあるだろうし」

そんなアークの言葉に頷いて、私たちは地下水路から地上へと戻った。

◆

地下水路から地上に戻るとアークとセルビスは事件を報告しに王城へ、私とミオは教会本部にいるメアリーゼへ報告した。

王都の真下に魔王の眷属が潜んでいたことはメアリーゼとしても驚きの出来事であり、急遽聖騎士や聖女が編成されて、残りの瘴気の浄化や、瘴気持ちの魔物の残党処理などが行われることになった。

ウルガリンを奪還し、その維持で非常に忙しいところ申し訳ないのだが、これぱっかりは私のせいではなくザガンのせいなのでしょうがない。

メアリーゼも理解してくれてか、今回は一切の小言を言われることもなく、早期発見と悪事を阻止したお陰で褒められたのでよかった。

そんなわけで後はお偉い方々の出る幕であって、表立って大きく活動することのできない私に出番はないので屋敷に戻って身体を休めることにした。

翌朝、私の屋敷で身体を休めたミオとフリードは早くも外に出る。

「もう行くの？」

「……うん。王都の真下だから一刻も早く瘴気を浄化しないと」

つい昨日激しい戦いをしたばかりなのでもう少し休んだ方がと心配する気持ちもあるが、王都の真下ともなれば多くの人々が危険を感じてしまうもの。しょうがないことではあるか。

ミオも疲れを見せている様子もないし、随分と前向きな様子。

いつの間にか立派な聖女になっていることが嬉しく、私は口元が緩む。

「わかった。頑張ってね！」

「……うん、また落ち着いたら遊びにくる」

「世話になった」

ルーちゃんと共に笑顔で見送ると、ミオとフリードが教会本部の方へと歩いていく。

「さて、屋敷に戻ろうか」

「お待ちください、ソフィア様。馬車がこちらにやってきます」

二人の姿が見えなくなり屋敷に戻ろうとしたが、不意に屋敷の前に一台の馬車が停まった。

訝《いぶか》しんでいると、扉が開いて文官の制服に身を包んだ女性が出てきた。

キリッとした表情に切り揃えられた赤髪。確か前に王城に行く時に案内してくれたセレナーデだ。

それに続く形で何故かアークも出てくる。

二人揃って一体何の用だろうか？　ちょっと嫌な予感がする。

「おはようございます、ソフィア様」

「おはようございます、セレナーデさん」

「早朝から連絡もなく、屋敷に押しかける無礼をお許しください」

「う、うん。それはいいけど、どうかしたの？」

ぺこりと頭を下げるセレナーデの顔を上げさせて、私は二人がやってきた理由を尋ねる。

「国王様がソフィアに会いたいんだってさ」

すると、アークが気まずそうにしながらも話してくれた。

「え？　なんで？」

国王ならば少し前に謁見して話をしたばかりのはずだが。

「ウルガリンの奪還、王都に巣くっていた魔王の眷属の退治の件だと思うよ」

「ええー」

「ソフィアは目立つことを望んでないからできるだけ断っていたんだけど、これだけ功績が重なるとね」

アークは頑張ってフォローしてくれたようであるが、さすがに無理だったらしい。

……なんかごめん。

「というわけで、申し訳ありませんが、王城までご足労をお願いできませんでしょうか？」

「わかりました」

さすがにこれだけ出来事を重ねて拒否なんてできるわけがない。

素直に頷いた私はルーちゃんを伴って、王城行きの馬車に乗せられたのであった。

あとがき

本書をお手にとっていただき、ありがとうございます。錬金王です。

『転生大聖女の目覚め』の二巻はいかがでしたでしょうか？

二巻ではアンデッドのメイドであるエステルや、後輩聖女のミオなどといった新キャラクターが登場いたします。

そこに一巻で登場したかつてのパーティー仲間なども加わり、賑やかさを増したお話になったかと思います。

新しいキャラを登場させる時はワクワクするものですね。

ソフィアやルミナリエとどのように絡ませたら面白いか、などと考えると想像が膨らみます。

私もエステルのような可愛くて健気なメイドさんにお世話をされたいと願うこの頃です。

特に最近はコロナの影響で外出をする機会が減り、自宅にいる時間が増えましたからね。

色々と家事が滞ってしまい、誰か代わりにやってくれないものか、などと怠惰な気持ちを抱いております。

世の中には家事代行サービスなるものがあるようで、頼んでみようかなどと迷ったりも。

結局は他人を家に入れる勇気がなく頓挫しておりますが、きっと、いつか……頼むかも？

なんて近況はさておき、謝辞に入らせていただきます。

担当M様。素晴らしいカバーイラストや口絵、挿絵を描いてくださったkeepout様。

それら以外の分野でお力になってくださった関係者様、ありがとうございます。

こうして書籍の二巻が出せたのは皆さまのお陰です。

特にkeepout様は『異世界薬局』がアニメ化し、多忙な中にもかかわらず継続して仕事を引き受けてくださり、心から感謝いたします。

ミオはベース衣装が西洋風なのに、ちょっと和風テイストを混ぜて、などといった無茶ぶりをしてしまいすみません。

素晴らしい塩梅に落とし込んでいただけて、感動しています。

聖女服なのに自然と和風味があってすごいです。

keepout様には今後も登場するキャラを描いていただきたいので、何とか形になるように頑張りたいと思います。


また三巻で皆さまとお会いできることを願っています。

——錬金王

Kラノベブックス

転生《てんせい》大聖女《だいせいじょ》の目覚《めざ》め2
～瘴気《しょうき》を浄化《じょうか》し続《つづ》けること二十年《ねん》、起《お》きたら伝説《でんせつ》の大聖女《だいせいじょ》になってました～

鍊金王《れんきんおう》

2021年9月29日第1刷発行

発行者	森田浩章
発行所	株式会社 講談社 〒112-8001　東京都文京区音羽2-12-21
電　話	出版　(03)5395-3715 販売　(03)5395-3608 業務　(03)5395-3603
デザイン	百足屋ユウコ+フクシマナオ（ムシカゴグラフィクス）
本文データ制作	講談社デジタル製作
印刷所	豊国印刷株式会社
製本所	株式会社フォーネット社

KODANSHA

ISBN978-4-06-524639-9　N.D.C.913　359p　19cm
定価はカバーに表示してあります

ファンレター、
作品のご感想を
お待ちしています。

あて先
〒112-8001　東京都文京区音羽2-12-21
(株) 講談社　ラノベ文庫編集部 気付
「鍊金王先生」係
「keepout先生」係

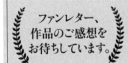

転生大聖女の目覚め

TENSEI DAISEIJO NO MEZAME

～瘴気を浄化し続けること二十年、起きたら伝説の大聖女になってました～

漫画 五色安未　構成 泉乃せん　［原作］錬金王［キャラクター原案］keepout

勇者たちと魔王を滅ぼし、
世界を救って二十年――

新たな仲間と共に
大聖女ソフィアの
冒険が再び始まる！